網路小說 Novel@

藤井樹 著
Hiyawu

從開始到現在

藤井樹短篇作品集

創作四年，唯一個人短篇作品集

用文字記錄想像中的愛情故事，是甜蜜的迷思。
把每一個故事取一個名字，處女座莫名其妙的堅持。
我自命為創作而生，也願意為創作而死，
彷彿與生俱來的本事，我可以輕易看見愛情的樣子。
是的，愛情的樣子，像站在雨中，期待自己被狠狠的淋濕，
而心裡卻想念撥雲見日時。

我在一月裡一個人散步。

我在二月裡感覺到孤獨。

我在三月裡對寒冷麻木。

我在四月裡植秋天的樹。

我在五月裡寫了封情書。

我在六月裡空出心深處。

我在七月裡允許妳進駐。

我在八月裡淺嚐相思苦。

我在九月裡接受了錯誤。

我在十月裡忘了怎麼哭。

我在十一月裡回到熟悉的孤單夜幕。

我在十二月裡重拾心情，準備一個人散步。

生命是循環不息的一種結束，循環的不是生命，

是結束之前，必須承受的……

循環的痛苦……

作者序

走過一千四百六十天的創作之路

不知不覺，我走過了四年投身創作的路，常有人問我：「這一路走來感覺如何？」那急欲知道答案的表情，總會讓我想回問一句：「如果我說是痛苦，你會不會相信？」

但真的痛苦嗎？我沒有點頭如搗蒜的把握，只是總會清晰地感覺到心裡有一股不知名的脆弱，它提醒著我：「是啊，痛苦比快樂要多。」

或許你會繼續追問，痛苦在哪裡？快樂在哪裡？我很想輕輕一笑的帶過去，然後用「吃飽沒」或是「天氣不錯」轉移話題，但答案總會在問題問完的那一剎那間被自己真切的感受證明，「唯一的快樂，是當我不是藤井樹的時候，我可以對自己的文字鍾情。」

你信不信？我曾在世界都沉睡的夜裡，因為寫完一篇決定不公開的作品而高興歡呼，清晨的陽光讓我彷彿重生一般，當下我甚至希望我的身分證上印著的名字不是吳子雲，我可以不理會別人眼中暢銷書作家的光環，我可以愛自己的文字，每一個被我用心

《作者序》
Preface

挑選出來拼湊成一部作品的文字，每一筆一畫都是我的快樂。

說這些話對不起很多人，包括我的編輯、為我完成每一本書的工作人員、身邊支持我的朋友、永遠都以我為榮的爸爸媽媽，最令我抬不起頭的，是數以萬計的讀者，每個人都以行動支持我，但我卻無法從這一些正面的收穫中得到快樂。

這是一種我無法用文字形容的遺憾。

我曾經用力的想過，創作之路所帶來的痛苦是個性使然，因為我不適合當藤井樹，名氣對我來說是負累，不是別人眼中的光芒。

我承認，一九九九年，出版社選擇了我的文字，並決定印成鉛字的時候，我有一種莫名其妙的虛榮，明知道出版結果極可能會是令人笑掉大牙的，但我決定給自己一個理由，年輕留白是不明智的。

像天上也買得到我的書一樣，老天爺眷顧著我，每次看見出版社給我的銷售成績，我都有一種在做夢的感覺，「這不是真的吧？」一步出出版社大樓，我常這麼問自己。

然後，時間推著我的手慢慢地前進，用鍵盤書寫我的故事變成我使用電腦唯二的動作（唯一是收信）。或許你不曾想像過，當你有能力將自己所想像的畫面用文字表現，看著螢幕裡一個字一個字地跳躍出來，像針引著線一樣地織出一條布時，你將寧願用生命去換取這一瞬間的快樂。

所以我投身創作，這快樂讓我很快地上癮。

只是，人說有得必有失，我得到了創作中最無可言喻的快樂，卻失去了為創作而生、為創作而死的生命價值。

聽來矛盾，但身在其中才知其實。

這四年當中，我雖不斷地被稱讚、被歡呼擁戴，卻也不斷地被攻擊、被嚴厲地批判。我自知我的作品只是一種想像的產物，不是文學的一支，卻不斷地被研究者有心地以文學的角度評判之。

我不禁想問問：「若鑽研文學到最後竟是如此非我族類必斥之，那麼文學到底帶給研究者什麼樣的快樂？」

「沒有答案。」這就是答案，因為這世界就是如此的道不同不相為謀。

然後，還是不斷地會有人問我「這一路走來感覺如何」，我變得不知道該怎麼說，因為成也創作，敗也創作。

今年是兩〇〇三年，這是七月裡的我的新書。

我正坐在電腦前面，為我的新書寫一篇序。我隱約記得在一本書的作者序裡看見這

《作者序》

Preface

麼一段話：「序是一個開端，對一本書來說。但以作者的角度去想，其實序比書裡任何一句話都真實。」

我好高興，當我正在寫這一篇序時。因為我終於可以面對，用我的文字與感覺告訴支持我的讀者們我心裡的話，不管你們是不是瞭解，我依然深深深深的感激。

謝謝你們，謝謝你們。

我沒有忘記，我是為創作而生，也願意為創作而死。

《從開始到現在》，我用我的創作記錄我走過的路，編輯成一本看得見腳印的集合。時間還是繼續推著我的手前進，我的創作生命，將永不止息。

藤井樹（吳子雲）二〇〇三年六月於高雄市

目錄

《目 錄》

Contents

那一刻，妳在我右手邊

電影院裡我們的座位，像是經緯線

妳的左手靠在椅肩上，長髮稍垂

我故意跟妳說話，往妳靠近一點

劉德華跟鄭秀文擁吻的那一瞬間

是的，世界依然沒變

只是，妳的髮纖，我的額緣

吻出一道膽怯與悸動的弧線。

紙飛機

附著淚的紙飛機，會不會失去重心？
如果會，它會偏向哪一個方向飛？
我的心早已化作紙飛機，
但卻是第一次蘊著淚，
它會失去重心嗎？
我想會，因為，它已經偏朝你的方向飛

女孩篇

風平凡，雨平凡；
花平凡，樹平凡；
人平凡，影平凡；
你平凡，我平凡；
只是，我給的愛即使再怎麼不平凡，你給的卻總是孤單……

寫完，把這張紙摺成紙飛機的形狀，從我家頂樓丟出去。

我家是一棟高二十五樓的電梯式公寓，就位在高雄市區，而我家就在二十五樓，想看高雄市夜景只要打開窗戶就好。

但是我喜歡拿著張紙，帶支筆，到頂樓去吹風看夜景，寫一些可能只有自己懂的東西，把它摺成紙飛機，然後往東拋出去。

大概是這樣的事做久了，它變成一種習慣，我每天晚上都會到頂樓去，拿張紙，帶支筆，只是寫的東西從天馬行空式的奔想，變成對愛情的一種幻想，幻想它的好，幻想它的壞，幻想它消散時的心碎與傷痛，以及它存在時的歡欣與無奈。

但，這一切都只是幻想。

可是，我的幻想似乎有人不以爲然。

那天拋出去的紙飛機又回到原點，不一樣的是，有人在我的文字下面又寫上了：

風自在，雨自在；

花自在，樹自在；

人自在，影自在；

妳自在，我自在；

因爲……妳寫的愛即使再怎麼不自在，我寫的都一定是愛。

這張紙就貼在頂樓圍壁上，我左右觀望了一下，除了我並沒有其他人在這裡。

好奇心驅使下，我又寫了一張。

可能哪天，天空會變成紅色的，那表示我爲愛情傷了心；

可能哪天，大地會變成黑色的，那表示我爲愛情痛了心；

可能哪天，雲彩會變成棕色的，那表示我爲愛情絕了心；

可能哪天，世界會變成黯色的，那表示我爲愛情死了心；

無所謂，即使我給自己機會再回頭一次，也不會有彩虹等著我……

寫完，摺成紙飛機的形狀，拋出去。

隔天，一顆心懸在我家頂樓上；晚上，習慣性地拿張紙，帶著支筆，踏著忐忑的腳步，不習慣地上頂樓去。

可能哪天，星星會變成藍色的，那表示我被愛情撩了心；
可能哪天，月兒會變成金色的，那表示我被愛情撫了心；
可能哪天，晚風會變成銀色的，那表示我被愛情偷了心；
可能哪天，夢境會變成彩色的，那表示我被愛情佔了心；
有所謂，如果妳給自己機會再回頭一次，將不只有彩虹等著妳……

拋出去的那只紙飛機又回到原地，上面一樣多了一些東西。

我開始想找找到底是誰在撿我的紙飛機，於是，我拿出紙筆寫上：

如果我的心情可以遙控飛機回到原點：那麼我的筆跡可以遙控誰到我面前？

摺成紙飛機的形狀，丟出去。

隔日，飛機一樣回到原點，心情一樣起落的亂七八糟，這樣的事情太故事了，對我來說變成一種衝擊性的期待。

期待什麼？

女孩子總有夢想中的白馬王子，期待他哪天會吻醒睡眠中的自己。

衝擊什麼？

衝擊的是那種幻想與現實的矛與盾，在我心裡已經鏗鏘了數天的迴聲。

但是，紙飛機還是回來了，這確實是現實中發生的事；而幻想的部分，只有我對這世界上某個從來不曾謀面的人，有……愛情方面的綺想……

怪我嗎？

是的！怪我吧！怪我被他的一勾一豎纏繞，怪我被他的一字一言吸引，我已經不在乎自己是不是睡著的，因爲吻不吻醒我已經不再那麼重要。

妳的心情遙控的不只是紙飛機，而妳的筆跡遙控的也不只是我而已。

是的！紙一樣貼在頂樓圍壁上，我還是只看到紙，而紙是吻不醒我的……

P.S.，早上六點三十分的公車，我習慣坐在左邊第二個位置。

公車？六點三十分？難道他跟我坐同一班公車？那表示他住……？

原來現在的王子都不騎白馬，改坐公車了。

一樣拿出紙筆，寫上：

下午不知道幾點幾分的公車，我習慣等到不擁擠時再上車。

丟出去。

清晨五點二十八分，我把鬧鐘叫醒了。

這表示什麼？表示我的生活被紙飛機給飛亂了？還是我的生活被清晨六點三十分的公車跑亂了？

反正是亂了，總得找出禍首吧！

今天的公車來早了六分鐘，左邊第二個位置，沒有人……

既然第二個位置沒有人，那我期待的是什麼？

漸漸地，我開始笑我自己傻、笑我自己癡、笑我自己幼稚、笑我自己活在幻想中連呼吸都染了顏色。

今天的公車開得特別快，今天的時間卻過得特別慢。

下午，我依然習慣性地等待最不擁擠的那班車。

其實，人是很奇怪的，你越是抗拒自己不去想，就越會想。

是的，我開始在路旁摺紙飛機，每一張紙上面都寫上同一句話：

坐在左邊第二個位置的，只有車窗外溜進來的清晨的陽光，而不是……

但我要丟向哪裡？

我突然間失去了所有的方向，心裡空得跟什麼一樣，像站在離地五公尺的地方，而摸不著四邊的東西。

吸進肺部裡的空氣是藍色的，吐出的卻是深灰色，眞的嗎？我已經那麼在乎那紙飛機的去向了嗎？

不是吧?!

我在乎的是那個人，坐在公車上左邊第二個位置的那個人，而不是那裹著金黃色外皮卻惹得我感傷的清晨的陽光。

越寫越多，越寫越亂，越摺越不像飛機，而像是，太想他而扭曲了的心的樣子……

這心的樣子太醜陋了，不能讓他看見……

數數一共三十二張，把這些半心半飛機的東西統統丟進路口那家7-11的垃圾桶，再把自己空到混亂的心整理一番，最不擁擠的那班公車來了。

不管我的呼吸到底有沒有顏色，我還是會到頂樓吹風看夜景丟飛機。

我願意是陽光，因爲陽光可以肆無忌憚地環在妳身上，而不像……

貼在圍壁上，共三十二張。

是眼淚吧?!

我確定是眼淚，因爲現在並沒有下雨，我找不到可以嫁禍的東西來解釋我臉上兩行水畫出來的路。

即使我不讓飛機飛翔，他還是會把飛機還給我；即使我把飛機摺的像扭曲了的心，他還是會把扭曲的心歸回原本的四方。

可惡，這已經違背了我上頂樓來的初衷，曾經我以爲上頂樓只是爲了吹風，曾經我以爲上頂樓只是爲了看夜景，曾經我以爲上頂樓只是爲了看著自己的心情隨著飛機揚在空中時那一刻鐘的感動，曾經我以爲……

原來，曾經眞的等於過去。

這三十二張在牆上隨著風翻揚的紙，曾經是我多麼想見到他的寄託；而曾經依然是曾經，他一樣可惡到只把紙還給我，卻霸著我漫無目的的思念不放。

一張張把紙撕下來，眼淚一樣流著，開始恨自己脫離不掉女性天生的脆弱，忘了淚的掉落可能把尊嚴都給帶走。

本來紙飛機是給自己的，是給天空的，是給我幻想的世界的；現在呢？落得我一身紫色迷離。

當我摺紙飛機的動機已經不再那麼純粹時，它飛翔的角度是不是也不再那麼圓滑？

好吧！最後一次，就最後一次，把紙飛機摺給……他。

附著淚的紙飛機，會不會失去重心？
如果會，它會偏向哪一個方向飛？
我的心早已化作紙飛機，但卻是第一次蘊著淚，
它會失去重心嗎？
我想會，因爲，它已經偏朝你的方向飛……
最後一次，把紙飛機丟出去。

清晨醒來，身上還漫著昨晚頂樓上迷亂且落寞的味道，我告訴自己，今天起不再摺紙飛機，更別說會把它丟出去。

這表示什麼？這表示我將不再迷亂，我將不再讓自己的呼吸和著顏色，我將不再讓自己離地五公尺只是爲了一個傻傻的念頭，我將不再想見他。

對我來說，他是不存在的，存在的只有我用零用錢買的計算紙、Pentel的水性筆、以及我胡思亂想過後的心情結晶。

我開始把它當作是惡作劇，只是一個無聊的人散步時被我的紙飛機打到而展開的報

復行動；只是一個不務正業的人拿著望遠鏡窺視著我每晚的一舉一動，然後撥空到樓下撿我的紙飛機掰上幾句話再貼回紙飛機的來源地；只是一個看不慣我每晚製造垃圾而把紙飛機貼回原處要我警惕的環保尖兵；只是一個……該死的傢伙……

我大概是惱羞成怒吧！被自己愚蠢的幻想給耍了而開始罵人，我本來不是這樣的，一個淑女是不會這樣的，至少我媽媽是這麼教我的。

所以，是的，我是個淑女，但他仍是個該死的傢伙！

今天的公車一樣來早了六分鐘，左邊第二個位置上，一樣是清晨的陽光，只是，陽光上有個長方形的影子，讓陽光顯得有點殘缺不全，因爲，車窗上貼了張紙。

附著淚的紙飛機，會不會失去重心？

我不知道，我只知道早走了的公車，讓我的昨天失去了重心；

我的心到底會不會是紙飛機的停機棚？

我不知道，我只知道飛向我的紙飛機，如果蘊著淚，就是我的罪。

我就坐在左邊第二個位置上，忍著眼淚把它看完。

怎麼辦？我的呼吸又染了顏色……

「對不起，我昨天沒趕上公車。」

啊?!有個男孩子的聲音在我正後方說著。

我嚇了一大跳，不敢回頭看，我只感覺到我的視線是飄忽的，我的手一直搓揉著書包的面緣，而且手心開始出汗，我低頭也不是，不低頭也不是。

「妳別怕！如果妳眞的害怕，我可以不說話。」

害怕？我害怕？

我好像眞的在害怕，這跟突然有個不認識的男孩子吻了我的感覺是一樣的，就因爲來得太突然，心裡的舵把心舟駛得像暴風雨裡海洋中的一條船。

怎麼辦？我只能飄著我的視線，冒著紅著臉的熱汗，半低著頭一句話也說不出來。

「對不起，我知道妳嚇了一跳，我不是故意的！」

沒關係，即使你是故意的我也會原諒你，但……我還是沒有勇氣回頭。

我拿出紙、拿出筆。

左邊的第二個位置，今天我借坐了一下，發現坐在那上面的感覺，紅紅的、熱熱的、而且是非常非常顚簸的，我坐不習慣，還是還給他吧！

從書包裡拿出雙面膠，趁著公車在站牌停車前，把它貼在窗戶上，然後我馬上下了車。

我還沒到站，離學校還有一段路。

下車後，我在站牌前枯站著，清晨六點四十五分的高雄市中正一路，漫著夏晨的清涼。

究竟我還是下了車，那麼顛簸的位置我坐不到終點。

沒錯，我是想見他，否則我不會一上車就盯著左邊第二個位置看，但我沒想到他這樣的出場方式，會把我嚇得連頭都不敢回。

是我自己的問題嗎？

我想是吧！

儘管我想見他的心情還在，公車早已經離開我的視線範圍。

下午開始下起雨來，心情也跟著鬱了起來，我不能淋雨，因爲我只要一著涼就得進醫院躺上幾天，雖然它明明只是一個小小小小的感冒。

媽媽的車駛到我面前，開了門讓我上車。

我坐進車裡，拍落剛點在身上的水珠，免得車上的冷氣送我進醫院。

「啪！」

突然有個人把一張紙貼在車窗上，然後對著我笑了一下，便轉身離開我的視線。

媽媽問那是誰，我沒回答，因爲我的心，正在那張紙上。

我愛妳！梁嘉芸！

窗外都是雨，我沒看清楚那個男孩子的臉，但心裡模糊地映著他模糊的樣子，模糊的一副眼鏡、模糊的一張笑臉、模糊的一面手心、模糊的一個瘦高的背影。

紙溼了，字也因爲水在紙纖維裡的竄流而跟著擴了它原本的樣子。

我的心也溼了，因爲那六個字也在我的心裡發酵，膨了它原本在我心裡的樣子。

天知道他從哪得知我的名字？我在學校裡從不曾跟男孩子說過話，就連女孩子我也是僅只於問與答。可是，我居然高興他知道我的名字。

終於知道小說裡的女主角爲什麼都會爲了那三個字動心，那感覺像把那句話焊在心牆上，也把那個人焊在心版上。

這樣的字眼當然嚇壞了我媽，一個才高中二年級的女孩子當場被媽媽逮到這樣的鏡頭，即使我家住在澄清湖畔也解釋不清這樣的情景。

就這樣，我被禁止上頂樓、被禁止摺紙飛機、被禁止搭公車、也被禁止上這所學校。

轉學的手續辦得很快，失落的感覺也來得很快，才幾天，我失去了我的幻想、失去了我的天空、失去了我的紙飛機、也失去了我自己。

我的生命中再也沒有二十五樓的夜景，因爲我家從高雄市中心的高樓，變成了台北市郊區的獨棟；我的學校從高雄市立中正高中，變成了台北市私立達仁女中；而我的紙飛機，還停在高雄市那個男孩的心中。

什麼時候我心裡的紙飛機才不再飛翔？

我想，還需要一些時候……

清晨六點二十四分，我在床上坐著，公車在路上跑著，陽光在我身上環著，左邊第二個位置，我想他會爲我留著。

新家位在台北市內湖區，我家就在一個小湖邊，學校也在湖邊，而我上學的交通工具由原來的公車，變成了我的雙腳。

每天清晨，我就沿繞著湖邊走到學校；放學時，我就沿繞著湖邊走回家。

湖很漂亮，環境也很幽雅，而我的心靈寄託，也由原來的二十五樓夜景，變成了湖景。

我每天都會趁著上學及回家的時間，在湖邊發呆，也只有這個時候，梁嘉芸才眞的屬於梁嘉芸。

當然，對著湖是不能丟紙飛機的，但只要呼吸還繼續著，我的心情轉折就會繼續著。

沒有紙飛機的日子，我慢慢習慣了把心情撒在湖上。

搬到台北的日子雖然一切都不一樣了，但說實話並沒有什麼不習慣，每天每天，我的生活圈子除了學校，就是家，以及每天陪著我上學的這一座湖。

是啊！一切都不一樣了，但一樣的是那些紙飛機替我在空中畫出的夢，和那個男孩子瘦高的背影。

時間不知道怎麼過的，我高三了，面臨的是家人每天叮囑要我考上一所好學校，以及課業的壓力。

我每天一樣沿繞著湖邊上學去，卻坐著媽媽的車從台北市區回家，因爲我的生活圈子除了學校、家及那座湖之外，多了個補習班，屬於梁嘉芸的時間又少了一半。

慢慢地，制服由長袖換成了短袖，湖邊的樹葉由槁黃變成了青綠，高三在短袖與長袖的輾轉間結束，聯考也在只有手扇子與大太陽的抗衡下結束，這樣的成績好不好我不知道，我只知道志願卡肯定不是我自己塡，而我一直想回高雄念大學的希望，也在媽媽的選擇下成了一種不可能的奢望。

我上了政治大學中文系。暑假，大家都很忙，忙著玩；我呢？我也很忙，我忙著每天到湖邊發呆，忙著整理聯考前亂得一場糊塗的心房，忙著收拾二十五樓高空的夢，忙著想那個清晰得令人害怕的背影……

一天早上，郵差送來了一堆東西，有媽媽手機的帳單、水電費帳單、中國信託商業銀行的信用卡帳單、家樂福的購物目錄、補習班的慶功宴邀請函、還有一封黏著只小小紙飛機的卡片。

妳出現了，妳消失了，妳出現了。

我看見了，我失落了，我看見了。

而且我發現，梁嘉芸不只是一個名字，也是我這一年多來的思念。

紙飛機的夢，又慢慢的織了起來……

這是他寄的嗎？

八成是，因爲這世界上除了他這麼無聊之外，我再也想不出有第二個人。

但他爲什麼知道我家地址？

這一年多來沒有任何接觸，台北與高雄的距離少說也有三百四十公里，坐公車也到不了，他爲什麼知道我家地址？

但……我好高興他知道我家地址。

紙飛機的夢空白了一年多，又開始繪上顏色，我心裡的那一只紙飛機，也開始揚出不只七種顏色的彩虹。

這是個好的開始，雖然只是張卡片，但至少我的紙飛機又有了停機棚。

到台北一年多，第一次自己出門，也是第一次自己搭台北的公車，補習班的慶功宴在C飯店舉行，第一次跟這麼多人一起吃飯，很不習慣。

雖然在補習班補了一年，但我卻不認識任何一個人，曾有男孩子主動坐到我旁邊來跟我說話，但我從未理會過；學校的同學說我太安靜了，安靜到有點孤癖的味道。

其實我自己知道，我只是不知道該說什麼，即使在家裡，媽媽跟我說話也是有問才答，別的話題一律沒有我插嘴討論的份。

所以，可以這麼說，我習慣了安靜，跟人的相處也習慣了用眼睛看，我不是不喜歡說話，只是我不知道該說什麼。

坐在飯店大廳，聽到的都是高跟鞋敲踏大理石地板的聲音，還有坐在我左右的人在比較著他們的新學校的聲音。

「梁嘉芸，大門口那邊有人找妳。」班導師拍著我的肩膀告訴我。

我往大門口走去，這裡有很多人，我不知道是誰找我。

「姐姐，妳是梁姐姐嗎？」一個小弟弟抬高頭拉著我的裙角問我，另一隻手拿著只紙飛機。「有一個大哥哥叫我拿給妳的！」

這紙飛機是紫色的。

對不起，我不曾想過我的出現是不是妳的困擾，所以我需要妳的回答。

如果妳願意回答我，請往妳的右邊走一百公尺。

困擾？

這是個不太正面的詞彙，從我開始丟紙飛機，到他的出現，我從來沒有想過他會給我帶來什麼困擾；如果眞有困擾，也是紙飛機給我的困擾，是我的心情給我的困擾，是我自己給自己的困擾。

是他把我的困擾捏塑成形的，所以他的功勞不小。

我一直以爲天空是我寄託心情唯一的地方，夜景是我寫下心情的墊板，但他出現之後，這一切都由他包辦。

好吧！如果他眞的是我的困擾，我也願意把困擾攬進我的生命。

他的每一次出現都撼動著我的每一條神經，如果說我的心像是一張豎琴，他便是演奏者。

但我想知道，他爲什麼知道我的補習班？爲什麼會到台北來？爲什麼知道我家地址？

右邊一百公尺，我到底該不該去？這一去對紙飛機的夢會造成什麼樣的改變？先想想，他到底模糊了我多少思緒？連這一刻想見他的心情都是模糊的。

這是喜歡嗎？我沒有過這樣的感覺，我喜歡什麼？他回給我的紙飛機？他那雙撥弄豎琴的手？還是他的人？

看了太多的言情小說，那些不是知識的知識告訴我這樣的愛情是危險的。他是那個打開我愛情之門的人，待我進去之後，他會不會把門關起來？媽媽帶我逃離這個我跟他織出來的夢，我想，現在是我要面對的時候。

右邊一百公尺是多遠？我對距離沒概念，就這樣走著，心就這樣跳著，下一秒有什麼遭遇？我等著。

「梁嘉芸。」我的背後有個男孩子的聲音這麼叫我，那聲音是我這一年多來一直忘不掉的，那六點二十四分公車上的男孩子的聲音。

我回頭，有一雙清澈的眼睛看著我，隔著一副眼鏡。

第一次，我看清楚了那個讓我掛在心牆上一年多的人。

「我需要妳的回答。」

我搖頭，並且把剛剛那只紫色紙飛機還給他。

他接過紙飛機，一臉錯愕的，好像還不明白我的意思。

「妳同班同學告訴我妳搬到台北，所以我從高三上就開始打電話，把台北每一家補習班都問過了，只有一個梁嘉芸。」

我點頭。

「如果我這麼做造成妳的困擾，那我很對不起。」

我搖頭。

「妳有空嗎？」

我點頭。

「從現在到未來的不管哪一天都有空嗎？」

我看著他，心裡猜測著這句話的意思。

他趨前，吻了我……

我依然猜測著那句話的意思，然後，我點了頭。

男孩篇

記得那是一個不錯的天氣，高雄市的清晨被溫和的陽光照得很清澈柔亮，路上的車不多、人不多，我是個高中生，每天早上都得在五點半起床，就爲了趕上那班六點三十分的公車。

我喜歡坐在公車上左邊第二個位置，那裡窗戶比較大，而且可以全開，這樣吹進來的風比較均勻。

記得那是一個不錯的天氣，高雄市的清晨被溫和的陽光照得很清澈柔亮，路上的車不多、人不多，我看見了她。

那一年，我高二，她也是。

我們等公車的地方是一個公務員宿舍前，那裡有很寬的人行道，人行道上種著好幾棵大榕樹，她都站在人行道的最內側，靠在宿舍邊的圍牆上，雙手平放在書包上，頭低低的，頭髮就順勢滑下遮住她的臉。

我知道她叫梁嘉芸，那是我偷偷去問來的。

她長得不高不矮，稍嫌瘦弱，大概一六〇到一六二左右，我想她不到四十五公斤。

我知道我很喜歡她，從第一眼見到她我就很喜歡她，但我不知道要怎麼接近她，甚至認識她！

在學校偶爾上體育課時會看到她拿著書到圖書館去，拿一本進去，就會拿一本出來，而且她都是一個人，我更不敢過去找她說話。

慶幸的是我們坐同一班公車，在同一站上車，也在同一站下車，她就住在我家附近那一棟二十五層樓高的大樓。

有一天放學後，媽媽要我到超市買雞蛋；超市就在她家旁邊，我當然很樂意去買。結帳後走出超市，第一眼就看到有只紙飛機從空中飛下來，我把它撿起來看了一下，上面寫著：

這樣的風太孤獨了，吹得我好痛……

我正納悶著是誰寫的，抬頭一看，看到另一只紙飛機正在降落中，而紙飛機的來源是她家的頂樓。

第二只紙飛機上寫著：

別管我，因爲我發現，

如果連最沒有感覺的風都會感覺到痛，那就表示你在想我了；

如果我們連對方的背影都看清楚了，那麼我們就不會差點愛上了，對方眼裡的淚……

好漂亮的字，我想看看是誰在那兒丟紙飛機，於是，我上了她家頂樓，那是我第一次上她家頂樓。

我看到一個女孩子，站在頂樓的最內側，靠在圍壁上，雙手平放在腿前，頭低低的，頭髮順勢滑下遮住了她的臉。

這一千零一號姿勢只有她會，我一眼就認出是她，但是我還是沒有勇氣去和她說話。

她又轉身靠在圍壁上寫東西，然後又把那張紙摺成飛機的形狀，丟出去。

我趕緊下樓把那第三只紙飛機撿起來，然後帶著我的雞蛋回家。

第三只紙飛機上是這麼寫的：

風平凡，雨平凡；
花平凡，樹平凡；
人平凡，影平凡；
你平凡，我平凡；
只是，我給的愛即使再怎麼不平凡，你給的卻總是孤單……

她的字眞的很漂亮，但她寫的東西卻讓人覺得有那麼一點落寞的痛，我好心疼，但我能做什麼？

我提起筆，在那張紙上寫下了：

風自在，雨自在；
花自在，樹自在；
人自在，影自在；
妳自在，我自在；

因爲……妳寫的愛即使再怎麼不自在，我寫的都一定是愛。

然後，我帶著這第三只紙飛機到她家頂樓去，她已經不在那了。

我把那張紙貼在圍壁上，只希望她能看得到，說不定這是認識她唯一的方法。

隔天，放學後我沒有直接回家，我到她家樓下一直抬著頭看，看她有沒有再丟紙飛機下來。

果然，她又丟出第四只紙飛機，原來她有這樣的習慣。

可能哪天，天空會變成紅色的，那表示我爲愛情傷了心；

可能哪天，大地會變成黑色的，那表示我爲愛情痛了心；

可能哪天，雲彩會變成棕色的，那表示我爲愛情絕了心；

可能哪天，世界會變成黯色的，那表示我爲愛情死了心；

無所謂，即使我給自己機會再回頭一次，也不會有彩虹等著我……

她的第四只紙飛機上這樣寫著。

我一樣把紙飛機撿回家，然後在紙上寫上了：

可能哪天，星星會變成藍色的，那表示我被愛情撩了心；

可能哪天，月兒會變成金色的，那表示我被愛情撫了心；

可能哪天，晚風會變成銀色的，那表示我被愛情偷了心；

可能哪天，夢境會變成彩色的，那表示我被愛情佔了心；有所謂，如果妳給自己機會再回頭一次，將不只有彩虹等著妳……

一樣，我又帶著紙到她家頂樓，把飛機貼在圍壁上。

就這樣，我每天放學不再直接回家，而是到她家的樓下等，等她的紙飛機。

如果我的心情可以遙控飛機回到原點，那麼我的筆跡可以遙控誰到我面前？

她的第五只紙飛機上是這麼寫著的，可見她想看看我是誰；但我居然開始害怕，如果我不是她喜歡的那一型的男孩子，怎麼辦？

人是會幻想的，尤其是在這樣的情形下。

如果我是她，我一定會想知道這個一直回我紙飛機的人到底是誰。

於是我在第五只紙飛機寫上：

妳的心情遙控的不只是紙飛機，而妳的筆跡遙控的也不只是我而已。

P.S.，早上六點三十分的公車，我習慣坐在左邊第二個位置。

如果她想見我，她就會注意左邊第二個位置，這樣即使她想就此結束她自己的幻想，也不會造成太大的尷尬。

該死的是，我沒有趕上隔天的公車，昨天的紙飛機變得沒有意義……

在學校我看見她，想過去跟她說聲抱歉，說我沒能趕上今天的公車，但……唉！

下午，我們一樣一起等公車，但我看見她拿出紙筆，就蹲在路旁寫東西，寫了一張又一張，好多好多，下午的風不太客氣……

她把那一張張紙慢慢摺成飛機的樣子，我知道那是要給我的，我好想好想過去跟她要，但我就是不敢。

後來她把那堆紙飛機丟到路口那家7-11的垃圾桶裡，我才發現今天早上那空著的左邊第二個位置，傷得她那麼深。

生平第一次翻垃圾桶，連7-11的店員都出來問我：「喂！你在翻什麼啊？」

數一數，一共三十二只紙飛機。

我毫不理會店員的詢問，逕自帶著紙飛機回家。

坐在左邊第二個位置的，只有車窗外溜進來的清晨的陽光，而不是……

那三十二只紙飛機上都寫著同樣的話；我在那三十二張紙上也一樣都寫上同樣的話：

我願意是陽光，因爲陽光可以肆無忌憚地環在妳身上，而不像……

在把這三十二張紙貼到頂樓上的同時，我告訴自己，我該告訴她我是誰。

隔天放學後，我還是在下午時到她家樓下等紙飛機。

附著淚的紙飛機，會不會失去重心？

如果會，它會偏向哪一個方向飛？

我的心早已化作紙飛機，但卻是第一次蘊著淚，

它會失去重心嗎？

我想會，因爲，它已經偏朝你的方向飛……

這是她的第六只紙飛機，上面的一字一句清楚明白地告訴我，我這樣只以紙飛機的面貌回應她的幻想，只會讓她更牽掛而已。

這不是我的目的，原本我以爲我可以很輕易地用紙飛機來認識她，卻發現反而是紙飛機阻攔了我跟她的故事發展，是該告訴她的時候了。

我在第六只紙飛機上寫上：

附著淚的紙飛機，會不會失去重心？

我不知道，我只知道早走了的公車，讓我的昨天失去了重心；

我的心到底會不會是紙飛機的停機棚？

我不知道，我只知道飛向我的紙飛機，如果蘊著淚，就是我的罪。

但我沒有貼到頂樓去，因爲我想在公車上拿給她，這樣的轉變，才會讓我跟她的故事順利走下去。

隔天，我跟她一樣一起在公車站等車。

今天公車早來了六分鐘，我趕緊趕在她之前上車，把第六只紙飛機貼在左邊第二個位置的窗戶上，然後我坐在第三個位置。

她上車後，馬上把視線停駐在那扇貼著紙的窗上，然後她看看空著的左邊第二個位置，她坐了下來，眼睛卻依然盯著那張紙。

我鼓起勇氣對著她說：「對不起，我昨天沒趕上公車。」

她的身體抽動了一下，我想我嚇了她好大一跳。

她沒有回頭，反而把頭低下去，聳起她的肩膀。

「妳別怕！如果妳眞的害怕，我可以不說話。」爲了不讓她害怕，我又對她說了一句。

我發現她的耳根紅了起來，好像我越說話她越怕，怎麼辦？

快道歉吧！「對不起！我知道妳嚇了一跳，我不是故意的！」

話說完，我看她拿出紙筆，在紙上寫了些字，把紙貼到窗戶上，結果……她居然起身下了車?!學校還沒到耶！

左邊的第二個位置，今天我借坐了一下，發現坐在那上面的感覺，紅紅的、熱熱的，而且是非常非常顛簸的，我坐不習慣，還是還給他吧！

那張紙上這麼寫著。

這下死定了！我搞砸了！沒想到她這麼害怕，我該想到我的突然出現是會讓她不習慣的！

她怎麼到學校去？

我開始擔心，雖然那一站到學校的路不太遠，但我還是應該追下去的不是嗎？

到學校後我完全沒心情上課，拿著隻筆在紙上亂寫，我好想她……

我好想知道她到底有沒有到學校，好想跟她說對不起，更想跟她說我很喜歡她……

舉起筆，我無意識地在紙上寫了：

我愛妳！梁嘉芸！

原來這是我最想告訴她的話，但好像沒機會了。

好不容易在學校看到她，我這才放心。

下午突然下起雨來，很莫名其妙的一陣雨，等公車的地方沒有她，她在哪？我沒看見。為什麼她不來等公車？

我四處張望，在學校門口看到她，她在校門邊躲雨，抱著書包。

我向她走去，想再次跟她道歉，接著我看到一輛轎車開到她面前，而她走向那部轎車。

不會吧?!她今天不搭公車嗎？來載她的是誰？

我心一急，想到今天早上在課堂中寫的那張紙，我馬上把紙拿出來，然後衝到那輛轎車邊，把紙貼到車窗上。

之後，不知道爲什麼，她家樓下再也沒有紙飛機飛下來，公車站也再沒有她靠在牆邊的姿影，原來那一場下午莫名其妙的雨，是我最後一次看到她出現在學校裡。

她到哪去了？

我不知道，儘管我用盡一切努力找她，她還是不見了。

她家那棟大樓的管理員告訴我她搬家了，搬到哪不清楚；她的老師告訴我她離開高雄了，去到哪不清楚；只有她的同學告訴我她好像在台北。

就這樣，她就在我生命中消失了，生平第一個喜歡的女孩子……

時間不知道怎麼過的，我只知道每天早晨與下午放學後的公車站是很孤獨的，放學後不回家的那個習慣是很痛苦的，等不到紙飛機的樓下是很寂寞的，看不到她的日子是最孤單的……

有多久沒看到她了？我問自己這個問題。

在補習班的教室裡，我高三了，是參加聯考的時候了，日子有書的陪伴至少讓我稍稍疏解了想她的心情，那麼那麼地緊……

我還在慶幸吧！至少我已經告訴她我愛她，這樣的遺憾就不會那麼完全了。

直到有一天，我赫然想起一件事，既然我會補習，她應該也會吧！

姑且一試，不試怎麼知道？

於是我開始打電話問台北的補習班，起初補習班的小姐都認爲我是神經病，而且好像很危險似的，都不肯告訴我消息，我一間一間的問，每天問，沒有一天間斷。

直到我把她們都惹煩了，也把事情原委都告訴她們了，她們才肯告訴我，梁嘉芸就在她們補習班裡，而且也告訴了我她家地址。

我決定在聯考後到台北找她，不管結果是不是令人傷心。

放榜後，我在政大中文系的榜單中看到她的名字，而我也順利地考上東吳法律系。太好了，這樣至少我能在台北待四年。

我寄了一張卡片給她，裡面寫著：

妳出現了，妳消失了，妳出現了。

我看見了，我失落了，我看見了。

而且我發現，梁嘉芸不只是一個名字，也是我這一年多來的思念。

在信封上黏上一只小紙飛機，我要讓她知道，那是我，而且我還沒有忘記她，儘管事情已經過了一年多。

她家住在台北市內湖區的一個公園旁邊，那個公園裡有一座湖，湖旁有一座小涼亭，我在那座涼亭裡看到她。

還是那一千零一號姿勢，她好像在想事情似的。

我還是不敢過去，只是在遠處看著她。

她把頭髮留長了，卻沒能遮掩她迷人的氣質。

我很高興，因爲我找到她了！

我從她的補習班得知慶功宴地點在C飯店，於是我決定，那將是我跟她見面的地方！

慶功宴當天，我偷偷在她家外面等她，她穿著一襲連身裙，淡紫色的，好美。

爲了配合她今天的打扮，我去買了張淡紫色的雲彩紙，在上面寫上：

對不起，我不曾想過我的出現是不是妳的困擾，所以我需要妳的回答。

如果妳願意回答我，請往妳的右邊走一百公尺。

然後摺成紙飛機的樣子。

她在大飯店裡吃飯，我在飯店外啃麵包等她；直到宴會結束，我看到她坐在飯店大廳，這才敢過去。

我在路旁跟一對夫妻「借」小孩子，那是個小弟弟，我給了他一百元，要他在飯店大門口等她，幫我把紙飛機拿給她。

然後我去找她的老師，要她老師告訴她說有人在大門口等她。

她出來了，那個小弟弟的樣子很可愛，我想她一定不會再嚇一跳了吧！

這一百公尺是我最後的希望，當然，如果她不願意走過來，那麼我們也不會那麼尷尬，至少她不會那麼尷尬。

而遺憾的是，我們的紙飛機的夢，就要在這一百公尺結束。

女孩子果然沒什麼距離感，她已經從我身旁經過了還渾然不知；於是我叫住她。

「梁嘉芸。」

她回頭了，一副鹿一般無辜的眼睛看著我，我想她知道我是誰，因爲我看得出她在發抖。

「我需要妳的回答。」我這麼跟她說著。

她搖頭，把那只淡紫色的紙飛機還給我。

我愣了一下，不知道她的意思，接過紙飛機，我突然有種似懂非懂的感覺。

「妳同班同學告訴我妳搬到台北，所以我從高三上就開始打電話，把台北每一家補習班都問過了，只有一個梁嘉芸。」我忙著解釋，因爲我怕她把我列爲恐怖份子。

她點頭，我看到她的嘴角輕輕揚起。

「如果我這麼做造成妳的困擾，那我很對不起。」

她搖頭，收起了微笑，不說話，還是鹿一般無辜的眼睛看著我。

「妳有空嗎？」我問她。

她點頭，又輕輕地笑了起來。

「從現在到未來的不管哪一天都有空嗎？」

她還是沒說話，好像在猜測著我這句話的意思。

我向前走了一步，輕拉住她的手。

台北的夜晚一樣很吵，車聲轟隆，但我卻都聽不見，因爲我只聽到，四唇相接的聲音，是很清晰的……

你的眼鏡

他的出現，在我心裡激起的不是漣漪兩字就能道盡的；每一次回想他出現後的一切，都讓我深深地，在心裡刻畫出所謂愛情來時的痕跡。

我喜歡籃球，但我不會打，只喜歡看，當然偶爾會去丟一丟，但是命中率奇低，可我還是很喜歡籃球！

我家住在高雄縣鳥松鄉，就在鼎鼎大名的澄清湖附近，一座小小的山緣上，名叫「龍揚山莊」。

山莊裡大部分都是別墅，也有大樓式的公寓。說它是別墅我想並不過分，因爲這裡的房子眞的都長得不錯，只可惜我並不是住在別墅裡。我住在大樓式的公寓裡，我家住在三樓，從我房間的窗口往下看，就是山莊裡的籃球場，每天都會有一些小弟弟在那打籃球，有時候會有大人陪伴。

我說過，我喜歡籃球，喜歡看，所以我都會坐在窗邊看著那些小朋友打球，雖然他們都沒有球技可言，但說眞的，他們打得很可愛。

我是個大學生，每天下課後回到家，我就會拿著點心，坐在窗戶邊看著那些小朋友打球，每逢星期六、日，我也會下去跟他們一起打，久了，小朋友們也都知道我是誰，但他們不知道我姓什麼，所以都叫我小姐姐。

爲什麼不叫我大姐姐？

因爲我很瘦小，我不到一六〇公分，體重也才四十二公斤，那些小朋友裡最高的傑傑都快跟我一樣高了，而他才國小。

說到這個就很氣，但我眞的很喜歡他們，喜歡他們在打球時快樂的神情，喜歡他們專注時的那一股拚勁，也喜歡他們因爲小事而爭執的模樣，而更讓我高興的是，讓他們這麼快樂的東西是我最愛的籃球。

有時候他們會邀我當他們的裁判，但我都拒絕了，他們會一直一直逼問我爲什麼，我也都只笑著搖搖頭，因爲我不太懂得規則，而且我只喜歡看。

星期六，一個很晴朗的天氣，下午的風不大不小，山莊裡的空氣很不錯，夏天有這麼怡人的天氣與溫度很難得，而且小朋友們都在球場上對著窗戶向我招手，所以我決定到籃球場上丟一丟球。

但他卻比我早到一步……不！應該說是他們！

五個大男生就走在我前面，大剌剌地進球場，每個都至少比我高一個頭。

我從來沒看過他們，要使用山莊的休閒設施必須是山莊裡的住戶，管理員是會檢查住戶證的。那他們是怎麼進來的？難道他們是新搬來的？

他們一進球場就開始吆喝，把小朋友都嚇開了，好過分！

但我一個弱女子怎麼跟他們拗？

只見小朋友都跑到我身邊來，每雙眼睛都用懇求且令人憐惜的眼神看著我，我能怎麼辦？

我只好帶著他們坐在旁邊的椅子上，帶著他們一起看。

「小朋友，要不要一起玩？」這時，那些大漢之中有一個走到我們面前，拿著一顆籃球，對我身邊的小朋友說著：「我們到另一邊打好不好？」他手指著另一個籃框說。

「好！」傑傑第一個奮勇舉手，而且好像很迫不及待地就往另一個籃框的方向跑。其他的小朋友也都跟著他去，只剩下我一個人留在椅子上。

他看了看我，跟我比了個「一起來玩」的手勢，我直搖頭擺手地笑著回他，他聳聳肩，就運著球加入了小朋友的「混戰」中。

他大概一百七十四到一百七十六公分之間高吧！瘦瘦的，戴副眼鏡，眼鏡是金框橢圓形的，看起來很斯文秀氣的一個男孩子。

爲什麼我說他秀氣？因爲在我的感覺裡，「秀氣」等於「平易近人」，只要能在很短很短的時間裡跟天眞無邪的小朋友打成一片的，就很秀氣，因爲我也是一樣的。

我想他很有一套吧！

他眞的跟小朋友玩得很開心，而且他很細心、很有耐心地教他們打籃球，從他的眼神中，我找到「可愛的男人」的感覺。

「喂！阿勳！來鬥牛啦！跟那些小孩子玩有什麼意思？」

「你別在那邊欺負小孩啦！過來鬥牛啦！」

他的同伴揮手叫他。

「你們四個打二二剛好啊！我在這裡打就好！」他笑著回答他們。

我注意到他的笑，很好看，他笑的時候很好看。

原來他叫阿勳，他叫阿勳，阿勳，阿勳……

我在心裡輕輕地默念著，而我的身體裡，好像有東西慢慢地滋長著。

他的籃球打得很好，從他運球、上籃、投籃等等動作，都讓人覺得他可能是某學校校隊的隊員，而他很有耐心地慢慢教傑傑他們打球的樣子，讓我覺得他很、很、很帥！

如果認眞的女人眞的最美麗，那麼認眞的男人就眞的最帥，我很想知道他是不是住這裡，如果是的話，那是哪一間？或者是哪一樓？更想知道他的名字、知道他的學校、知道他什麼時候會再來打球。

但或許是女孩子的矜持作祟吧！我只敢呆呆地坐在這裡看著他的一舉一動，注意著他每一個表情、說的每一句話、還有他每一個笑臉。

「嗨！妳好！要不要一起打？」突然間有一個龐大的身軀擋在我前面，他的手在我面前晃了兩下，是另一個男孩子，很壯，而且很、很、很醜。

我被他這麼一嚇，突然間不知做何反應。

「妳住這裡對吧？我也住這裡，前天剛搬來，就住在一百九十號，妳呢？」

他居然在我旁邊坐了下來，而且拚命地介紹他自己。

「妳是學生嗎？念哪啊？我們是I大學的！妳呢？」

我只是對他笑一笑，並且慢慢移開自己與他的距離。我才不想理他咧！一看他就覺得他不太正經的樣子，所以我把視線移到阿勳身上。

「妳該不會當媽媽了吧?!哪一個是妳的孩子啊？看妳一直盯著那群小毛頭看……」

「哈哈哈哈哈！坦克，你別在那邊開人家女孩子的玩笑啦！你看你把人家嚇得……哈哈！」

另外三個在場上打球的男孩子笑得東倒西歪的，奇怪，這有什麼好笑的？一看就討厭！討厭！討厭！討厭！

原來這多話的傢伙叫作坦克，這也難怪，誰叫他長得那麼壯？真的活像一部開在籃球場上的坦克車。

「喂！妳怎麼都不說話啊？」

我冷眼瞪了他們一下，連理都懶得理。

「妳該不會是在看阿勳吧?!」

「喔！阿勳，你豔福不淺喔！」

「唷呼！上上上！阿勳！上！」

我的媽呀！怎麼他們這麼討人厭啊？阿勳被他們這麼一叫，把眼光移到我身上，喔！天啊，我眞希望趕快挖個洞躲起來……

「喂！你們幾個別在那邊鬧人家啦！」阿勳停下動作對他們說著：「豬哥性改一下好不好？」邊說邊對我做出道歉的手勢。

我站起來轉身就走出球場，好好的一個下午就被那幾個討厭的傢伙給破壞了，氣死了！眞的氣死了！

回到家我又坐到窗邊看他們打球……嗯，應該說看阿勳打球，他一樣跟傑傑他們玩著，那幾個小朋友看得出來都很喜歡他，而我，好像也喜歡他……只是好像……也不知道看了多久，阿勳他們收拾著東西準備離開，我好想下去跟他說再見，但是……我突然間覺得，隔著玻璃窗看著他，比起在球場邊看著他，還要安心得多，並不是害怕那幾個討厭的傢伙說的那些討厭的話，而是，這樣至少能讓我安心地看而不怕被人發現。

原來，我除了喜歡看籃球之外，還喜歡看他，更喜歡看他打籃球。

看著他走出球場，消失在我的視線範圍，我的心突然揪了一下，因爲我不知道，還能不能再見到他。

星期天，我還是一樣坐在窗邊看著籃球場。

場上沒有人，只有幾片被夏風吹落的葉子。

很不可思議的是，我在想他，我在想著阿勳，想著他昨天在球場上的一舉一動，還有他的笑臉。

但我突然間覺得自己很笨，他甚至連我的名字都不知道，而我現在在做什麼？腦子裡在想著什麼？

我敲了敲自己的頭，想讓自己回到現實裡；可是我越敲，他的臉就越清楚。

原來，眞的有一見鍾情這一回事。

就這樣過了幾天，阿勳沒有再到球場來打球，我也沒有再見到他，可是我見到了另一個人。

「嗨！可愛的小姐！又見面了！」

星期五下課後，在山莊裡的路上，我遇到一個人。

「嘿！妳別那麼酷嘛！」

他是坦克，討厭的坦克。

我停下腳步，看著他，應該說是半看半瞪著他。

「小姐！妳終於肯停下來跟我說說話了！」

我停下來可不是要跟你說話的，我只是還把你當個人看，給你一點尊重而已。

「我幾乎天天都看到妳，但是我叫妳，妳都沒聽到！」

天天看到我？

「妳騎著一台小Going，每天大概都在這時候回到家對吧？」

我下巴差點沒掉下來，爲什麼他知道這些？

「我常騎在妳後面，可是怎麼追都追不到妳！妳很會飆車喔！」

騎在我後面追我？

「而且我知道妳住哪裡喔！妳住在球場旁邊那一棟對吧！」

我白了他一眼轉頭就跑。

他越說越恐怖，搞不好他連我的房間在那個方向都知道。

「喂！妳別跑那麼快啦！」他一下子跑到我面前擋住我，「妳別害怕，我沒有惡意，只是明天下午我們要到球場去打球，想約妳一起去而已！」

我趕緊後退兩步，怯懦懦地看著他。

「明天下午四點，妳一定要來唷！」

我沒答應，轉頭就回家了。

既然他們要到球場去打球，那阿勳會來嗎？會來吧！阿勳會來吧……

回到家，坐在窗邊看著球場，傑傑他們又在球場上玩了。看著他們，我好像又看到阿勳跟他們一起玩球的模樣，思緒像是被某種東西抽離了一樣。

我好期待，期待明天下午四點的來臨。

星期六，莫名其妙地起了個大早，什麼事都不想做，東晃晃西晃晃的，心裡像是有枝羽毛在搔著我一樣，癢癢的，不時還會快個兩拍。

但這樣的好心情，在中午時就因爲某個人而煙消雲散。

「嗨！酷酷的小姐！要出去啊？買便當嗎？」

在游泳池旁邊，我又遇到他，那輛看起來油膩膩的坦克。

他在游泳。只穿著一條泳褲的他，看起來更油。

我笑了笑跟他點點頭，打算趕快離開他的視線……不！是打算讓他趕快離開我的視線。

「嘿！妳怎麼都這麼酷啊？」他的動作好快，一下子就從泳池裡爬起來，然後又擋在我前面。「今天下午妳會來嗎？」

我又笑一笑跟他點點頭。

「眞的啊？那妳今天晚上有空嗎？我想請妳看電影！」看電影？跟你？這是打死我都不會做的事！

我笑著搖搖頭。我想我這一笑一定很難看，因爲連我自己都覺得我的臉像打結了一樣。

「爲什麼不行？妳有男朋友啦？」

我搖頭。

「沒有？那好啊！請妳看場電影可以吧？」

我又搖頭，而且是很用力搖頭。

爲了不讓他繼續囉嗦下去，我用最快的腳步離開泳池邊。但他的死性不改，又擋在我前面。「如果妳是今晚沒空那沒關係！明天！明天星期天！有空嗎？」

我沒有再搭理他。除了他這咄咄逼人的問話方法之外，就是他那看起來很油很壯的龐大身軀，蠻噁心的。

被他這麼一鬧，午餐也吃不下了，回到家就躺到床上；想到坦克的樣子，我趕緊閉上眼睛睡覺，因爲如果我再醒著，今晚一定會做惡夢的！

好不容易下午四點到了，我聽到一陣摩托車的聲音。到陽台上往下看，看到好幾台摩托車，也看到了阿勳，他騎著一台藍色小Jog。

我看到阿勳了！我看到他了，看到我想了一個禮拜的他了！

我趕緊下樓去，雖然我很害怕坦克，但答應了別人的事，我不想爽約；更何況只是來看看，用看的我最會了。

「嗨！酷酷的小姐！妳終於來啦！我們還以爲妳不來咧！」

那輛坦克一看到我就朝我走過來，我的惡夢又要開始了。

「今天中午如果有嚇到妳的地方，我跟妳道歉！」

我坐了下來，搖搖頭。

「那妳還沒跟我說妳明天有沒有空耶！」

「坦克，你說的就是她喔！蠻可愛的啦！」

「找一個跟你差不多的好不好！人家那麼嬌小，小心你把人家……」

「哈哈哈哈！就是嘛！坦克想找腳踏車喔！把她碾過你都不知道！」

「哈哈哈哈！」

那幾個沒見過的你一句我一句的，還加比手勢，看得我氣都上來了。

我狠狠地瞪了坦克一眼。

「妳別理他們！他們都是神經病！」

神經病？我想不只是他們，你自己才是神經病的大頭目！

「妳明天有沒有空啊？」

討厭！討厭！眞的很討厭！我有空也不會跟你出去啦！

「妳別一直瞪我啊……」

不瞪你我瞪誰？

「好好好！我不問！不問！」

這輛坦克終於肯識相點開走了，我終於可以專心看阿勳打球了。

才剛想完，就看見阿勳正在看著我，四目相接之際，心裡麻了一下……

他對我笑了一笑，又開始打他的球，跟小朋友們玩在一起。

我的心裡開始不安、開始後悔，我不應該下來看的！隔著窗戶看阿勳打球眞的是最安心的方法，雖然遠了點，但我的眼睛很好，看得很清楚……

「打全場啦！阿勳！來編隊！」

全場？他們要打全場？

太好了！我終於可以一睹阿勳認眞打球的樣子。

他們編好隊伍後，阿勳居然向我走過來?!

「嗯……可不可以麻煩妳幫我們記分？」

記分？這個我會！沒問題！

「可以啊？那，這支粉筆給妳，麻煩妳了。」

秀氣的男孩子就是不一樣，不像那隻油油的坦克，只會問一些自討沒趣的問題。

不過話說回來，雖然坦克很討厭，但是他的籃球眞的打得非常好，又高又魁，動作也很不錯。

或許是我對他的印象眞的太好了吧！明明他打得並沒有坦克好，但我就是覺得他打得很棒！

阿勳的球技也眞的沒話說。

在場邊看球記分原來是這種感覺，很有臨場感，每個球員跟我的距離都很近，他們從我面前跑過的那一陣風向我襲來，感覺像是在看正式比賽一樣的刺激。

突然，我看到我最不想看到的畫面——阿勳受傷了！

他的臉流血了，我在地上看到他的眼鏡，碎了一地，鏡框也歪七扭八的！

他的同伴扶著他坐到場邊，我趕緊跑回家拿急救箱，下來的時候發現他們幾個大男生居然笨到拿已經溼透了的T恤替他擦血，他們不怕髒兮兮的衣服上有細菌嗎？

我撥開他們，拿出雙氧水滴在阿勳的傷口上。

那傷口約三至四公分長，在左眼下方，血還在流，看樣子很深。

「謝謝！」這時候阿勳笑著對我說。

沒有了眼鏡的他，我第一次看到，他的眼睛……

「阿勳，你這樣不行啦！有沒有隱形眼鏡啊？」

「對啊！下次要打球要戴隱形眼鏡啦！我們都戴隱形眼鏡打球耶！」

「戴眼睛打球很危險！你看你，差點眼睛就不見了！」

「坦克！你還敢說！都是你拐子架那麼大，阿勳可不像你那麼魁啊！」

「我哪有！都是阿勳自己飛過來的好不好？」

他們你一句我一句的，根本就不關心阿勳的傷勢，把錯通通都推到阿勳身上，看了就有氣！

「喂！你們別吵了啦！我藥擦好了，把這一場打完吧！」

打完？受傷了還要打完？那我何必幫你擦藥啊？

「喔！阿勳不錯喔！我欣賞你！」

「你確定？你沒有了眼鏡還行嗎？」

「對啊！你幾度啊？」

「五百二十五。」

「那蠻深的耶！你不要逞強喔！」

「沒問題啦！打完吃冰去！」

「讚喔！你有種！那就把它打完吧！」

他們又你一句我一句的，看樣子是阻止不了了。

「小姐，眞的很謝謝妳。」阿勳回頭對我笑著說。

沒有了眼鏡的他，我眞的很擔心……但是擔心有用嗎？他們還是繼續打他們的，而且推擠的情況並沒有因爲阿勳的受傷而稍微緩和一點，眞不知道男生到底都在想些什麼？是安全重要還是打球重要？

比賽結束了，阿勳那一隊輸了，要請吃冰。

「酷酷的小姐，我們要去吃冰，一起去好不好？」

「對啊，一起來嘛！我們要謝謝妳幫我們記分！」

我笑著拒絕了他們的邀請，因爲我得回家吃飯了。

「眞的很謝謝妳幫我擦藥。」阿勳邊摸著他的傷口邊對我說：「那……拜拜了！」

阿勳騎上他的藍色小Jog，騎出了山莊。

這是第一次，阿勳跟我說再見。

而且從那一次再見之後，有兩個禮拜，我沒有再看到阿勳，反而是天天看到坦克。他一樣煩，一樣每天都要約我去看電影，我連理都不想理他。

後來我才知道，那幾個男孩子當中只有阿勳不住在這裡。

我一直擔心著阿勳的傷，但又沒辦法看到他，不知道他的傷好了沒？不知道他沒有了眼鏡怎麼辦？

所以我在下課後，到眼鏡行幫阿勳買了一副眼鏡，拋棄式的隱形眼鏡。

但是阿勳一直都沒有再來，我又不敢把東西拿給坦克叫他幫我轉交，因爲他有張大嘴巴，討厭的大嘴巴。

直到有一天，我在山莊裡散步的時候，看到一台藍色小Jog停在一百九十號前面。

我好高興，趕快回家拿隱形眼鏡，又趕快衝下樓，這才想到，我要怎麼叫他出來？按電鈴嗎？

叫一個女孩子去按一堆男孩子住的地方的電鈴，這實在有困難。

我不知道阿勳的全名，而且我也沒辦法說出我要找誰……

於是我回家拿了個信封，把隱形眼鏡裝進去，拿出一張信紙寫上：

阿勳你好：

不知道你的傷怎樣了？兩個禮拜了，應該好了吧！

你朋友說得對，打球還是別戴眼鏡打比較安全點。

莊佩如

裝好信封，拿到一百九十號的信箱投進去。

我想他收到了吧！因爲在我把信投進信箱後的隔天下午，我在窗邊，看到他把一張紙貼在籃球場的圍牆上。

我突然開始害怕，因爲我不知道那封裝有隱形眼鏡的信會讓他有什麼樣的反應。驚嚇？欣喜？恐懼？莫名其妙？還是他會覺得無聊？因爲我不認識他，而他也不認識我。

我早該想到，如果他有了女朋友，那麼我送給他的那副隱形眼鏡將會給他帶來莫大的困擾。

他在那張紙條上到底寫了什麼？

說眞的我不敢下樓看。

自從他出現之後，原本我最喜歡逗留的球場變成了一點安全感都沒有的地方，除了我害怕坦克之外，最怕的就是他——阿勳。

這輩子沒談過戀愛，也不知道什麼是暗戀，更沒有辦法想像暗戀的後果是什麼。

是啊！我連送出一副隱形眼鏡的後果都沒有辦法想像，又怎麼能想像暗戀的後果呢？

這一面窗戶確實能給我最大的安全感，它隔開了我跟球場、我跟坦克、我跟阿勳，甚至現在還隔開了我不敢去面對的一張沒有殺傷力、沒有威脅力的紙條。

原來，只要是他，只要是跟他有關的，我都害怕，而且都害怕著喜歡。

一切都沒有想過後果，不知道後果確實叫人非常害怕。

我討厭這種害怕的感覺，也喜歡有這種害怕的感覺，這就是愛情嗎？充滿著矛盾的思緒就是愛情嗎？

想有什麼用？我還是抹不掉喜歡上阿勳的恐懼感。

拗不過好奇心，我跑到籃球場上看那張紙條。

我想，我永遠都不會忘記那張紙條的內容。

莊小姐妳好：

我的傷已經好了，謝謝妳的關心，更謝謝妳買了一副隱形眼鏡給我，這真的讓我很感動，所以我想，我得向妳道謝。

陳明勳

P.S.看完了嗎？看完請回頭。^^

看完請回頭？

「嗨！」

我回頭，他不知道是什麼時候站在我身後的。

「嗨，妳好。」

我呆著，看著他，阿勳……

沒來由的，我的身體不自覺地顫抖，周遭的空氣像是瞬間被抽空了，我的心也爲之呈現眞空狀態。

「妳別緊張，我沒有惡意。」

我當然知道你沒有惡意，只是你的沒有惡意，讓我沒辦法瞭解你的來意，更不敢去想像你的來意。

「呃……謝謝妳送我那副眼鏡。」

我點頭。

「呃……呵呵，妳這樣連我都緊張起來了。呵呵。」

我？抱歉……

我沒有辦法控制我現在的情緒與心跳。

「那副眼鏡多少錢？我還妳。」說著說著他伸手掏出一張仟元大鈔。

我拚命揮著手。我可沒有要你還！只要你以後打球都戴著隱形眼鏡，不要再讓自己受傷，就算是還我了。

「不不不！請妳一定要收下。」

不要！難道你沒有看到我非常「堅持」的表情嗎？不要就是不要！不要！不要！不要！

「呃……那……那……呃……欸……我……」

那什麼？呃什麼？我什麼？

你們男孩子說話結巴的樣子眞可愛，尤其是你。

「妳別笑，妳這樣一直笑我會說不出來……」

說不出來？好！那我不笑。嘻嘻……

「對了！我要先跟妳說我已經配了隱形眼鏡了。」

那很好，以後打球別忘了戴。

「呃，我……剛剛……我、我想說的是……」

是什麼？

「是……妳……呃……」

呃？

「欸，是……我想說的是……」
是什麼啊？
「妳……」
我？
「妳……欸……」
怎樣啊？
「我想問妳，欸……妳……」
拜託！到底是誰在製造緊張啊？
「妳今晚有空嗎？」
我今晚有空嗎？就這一句話？這句話你要說半天？
「呃……我忘了先跟妳說，我想請妳……吃個飯……」他的額頭上一下子冒出了好多汗珠。「因為……我想謝、想謝謝妳……買了副眼鏡給我……呵呵……」
不謝。
「妳還知道我幾度耶！太厲害了！呵呵……欸……呃……」
我不知道該怎麼停止他的窘態。
我沒有想到他是一個這麼害羞的男孩子，近朱者赤，近墨者黑，怎麼坦克一點都沒有影響到他？

是不是我的表情讓他這麼緊張？還是連我自己都藏不住我的窘態？

「所以……欸……今晚……我想請妳吃個飯……可以嗎？」他小心翼翼地說：「可以請妳……吃個飯嗎？」

夏天傍晚的風很涼，尤其是在山上。

我沒有辦法回答他，我沒有自信……

我很想答應他，但我心裡從來沒有這麼掙扎過。

我是喜歡阿勳，但是，如果我答應了他，對他來說會是個傷害。

我沒有男朋友，也從來沒有喜歡過任何人，阿勳的出現，在我心裡激起的不是漣漪兩字就能道盡的；當我每一次回想他出現後的一切、他跟傑傑他們玩在一起的樣子、他打球時的專注、還有他最讓我迷戀的笑容，都讓我深深地，在心裡刻畫出所謂愛情來時的痕跡；但我自私的，一直想保有那隔著窗戶看著他的幸福，並不是那扇窗戶的後面真能給我暗戀的幸福，而是那扇窗戶替我隱藏了我喜歡阿勳的心，也替我隱藏了我最不願意讓人知道的祕密。

看著他的眼神，我實在不忍心再隱藏下去。

我在地上撿起了那天記分用的粉筆，在牆壁上寫上了：

我是啞巴……

我想我永遠都不會忘記那張紙條的內容，更永遠不會忘記阿勳知道我是啞巴之後臉上驚訝的神情。

是的，當我在牆壁上寫完「我是啞巴」之後，阿勳沒有再對我說出任何一句話，他只是呆站著，連我，他都沒有再看一眼。

眞的，我不會怪他，因爲在他之前，一樣有男孩子追我，而他們也一樣在知道我是啞巴之後，就再也沒有來信，再也沒有跟我說過任何一句話。

在我的世界裡，我聽不見，所以我從小就學讀唇語，因爲我不希望在特殊的班級裡成長；在我的世界裡，我說不出話，所以我拚命學好手語，我也從來都不奢求哪一天能讓我說出話來，因爲我害怕著，當哪一天眞的讓我聽到我自己的聲音，我會不敢接受。

所以在我的世界裡，沒有音響、沒有CD、沒有錄音帶、沒有鬧鐘、沒有電影、沒有去過KTV、沒有拿過麥克風、沒有戴過耳機、沒有一切會發出聲音的東西，我擁有那些東西沒有用，因爲我是個聾子，也是個啞巴。所以我很重視我的眼睛，它必須身兼三職，我所看到的一切，都是我所聽到的，也都是我所想說的；我所有的喜怒哀樂，都會在我的眼神裡表露無遺。

我不是眞的喜歡看籃球，而是我只能看，我甚至不知道籃球拍打在地面上的時候，到底是什麼樣的聲音；所以我一直想像著，那到底是什麼感覺？

很多男孩子在打球時都會說：「籃球進網的那一剎那，哇，眞好聽！」

但那到底是什麼聲音？

就連跟我最親的爸媽，我都沒聽過他們的聲音。

因爲我的關係，他們不敢再生第二胎，所以我並不怪他們沒有把說話與聽人說話的能力生給我，一切都是那麼的習慣，沒有聽力、沒有說話能力，我跟人的溝通除了口語，就是紙筆。

但讓我欣慰的是，這樣至少我不必去聽見人壞的一面、不會去說人壞的一面，就不會讓我變得多愁善感。

但是阿勳的出現，讓我開始有了遺憾，我想聽阿勳的聲音、想跟他說話、想讓他知道，如果我也是一個正常的人，我一定會很喜歡他，很放心地去喜歡他，因爲只有那樣，他付出的、我給予的，才是對等公平的。

上天已經對我很不公平了，我不能也對阿勳不公平。

但是我已經很滿足了，因爲我至少還看得到，至少在我還年輕的時候，讓我看到了我第一個喜歡上的男孩子，那就夠了，眞的就夠了……

兩個月了，那天之後兩個月了。

傑傑他們依然天天到球場打球，我也依然天天坐在窗邊看著球場，「我是啞巴」那四個字依然在牆壁上，只是經過風吹雨淋之後，只剩下依稀可見的筆痕。

兩個月的時間不長，但剛好足夠讓我慢慢磨去心岩上被阿勳刻下那重重的愛情的痕跡。

我不再那麼想念他，不再那麼擔心他的眼睛。

但我還是常常遇到坦克，他似乎不知道我是啞巴的事，每次見到我他都會跟我說一些他們的事，當然也包括阿勳，也包括他仍舊努力不懈對我的邀約。

我不能回答他，也不能問他什麼，畢竟要向別人坦白自己是啞巴的事，是很艱難的。

雖說我不再那麼想念阿勳，但我還是常常故意經過一百九十號，看看那台藍色小Jog在不在，看看阿勳有沒有來，也每天坐在窗邊看著球場。

坦克他們依然每個星期六都來打球，但阿勳沒有再來……

有時候走在路上，會遇到傑傑他們，他們會問我阿勳爲什麼都沒有來，我也只能搖搖頭對他們笑一笑。

我想我知道阿勳爲什麼沒有再到山莊裡打球，我不會怪他，因爲人都是會爲自己想的，沒有人會願意自己的女朋友是個聾啞的殘障人士。

是的，我想當阿勳的女朋友，但那太遙遠了、太渺小了，即使達成了也不會有好結果的。

所以，我選擇不再見他，也希望他別再見到我。

一天下午放學後，坦克在山莊的路上把我攔下來。

他不再嘻皮笑臉的表情，讓我有點害怕。

「妳……！」

我？

「妳跟我來！」他拉住我的手就走。

我拚命掙脫，但畢竟腳踏車是贏不了一輛坦克的。

他拖著我，一直走、一直走，走到籃球場，然後遞了一顆球給我。

「投給我看！」

我不情願地把球甩開轉頭就走。

「妳回來！」他又拉住我的手，並且再一次把球遞給我。「投給我看！」

我看著他，這是第一次他這麼嚴肅。

「投啊！」

我隨便把球丟向籃框。

「沒進！再來！投到進爲止！」他把球撿回來交給我，「再投！」

我又一次把球丟向籃框。

「沒進！再來！」他把球撿回來。

「沒進！再來！」

「再來！」

「再來！」

「投到進爲止！」

「再來！」

我沒有再接過球，我哭了，坐倒在地上。

「妳看著我！不然妳不會知道我在說什麼！」他抓住我對我說：「才投幾球不進妳就放棄了！我就不信妳面對自己的殘缺時會有多勇敢！」他嚴厲地說：「才投幾球不進妳就放棄了，難怪妳連自己的感情都沒辦法面對！」

我……

「才投幾球不進妳就放棄了，又有什麼資格要阿勳不放棄妳？」

……

「才投幾球不進妳就放棄了，又怎麼會發現阿勳早就在等妳寫上答案！」

寫上答案？

「算了，妳自己去看吧！我眞不懂現在的女孩子爲什麼這麼笨！」

去看？看哪裡？

「明明每天都盯著這裡看，卻笨得連別人早就表明了心意還不知道！」

我擦乾眼淚，拉著坦克的衣服。

「在牆壁上啦！」

牆壁？

我回頭看著牆壁，看到我留下的「我是啞巴」的底下，有一排白色的字。

我慢慢走近牆壁，忍著心裡害怕的感覺，畢竟這跟那張紙條一樣，我是沒辦法預測它的內容的。

我眞的不知道會有這麼一天，當我開始決定對愛情採取空前絕後的手段時，它又對我進行侵蝕。

酸酸的，帶著點痛，甜蜜佔著絕大部分。

我不知道男孩子是用什麼樣的心情去面對愛情對心的撞擊，我只知道當我什麼都沒辦法控制的時候，眼淚是我唯一的表示。

是的，我哭了，這輩子沒這麼用力、沒這麼用心哭過，沒有……

一樣經過風吹雨淋，那一排白色的字依稀只剩下皙白的筆痕。

妳肯讓我也不說話的愛著妳嗎？

珍珠情事

我跟她就在騎樓下邊喝咖啡邊聊天，雨勢似乎一點都沒有轉小的趨勢。在那一剎那間，我突然感覺到，只要雨不停，我跟她就會繼續下去。

我一個人獨自站在滿是寂寞的昏黃燈下，一九九九年的耶誕夜，滿溢的狂歡氣息與我難撫平的愁緒，竟然可以互相輝映。

我大概痛過頭了吧！

自從馨慧離開我的那一天到現在，也已經有半年了。

這半年，眞不知道自己是怎麼過的。

我搬離了學校，一個人在高雄文化中心附近租了房子，準備好好過自己最後一年的大學生活，也準備考研究所。

在學校裡，我還是可以時常看到馨慧，還是可以聽到她的聲音，甚至如果我勇敢一點，我還可以找她說說話。

但是，我沒有，我只會偷偷地看她，當她沒有發現的時候。

半年的時間夠不夠用來忘掉一些回憶裡的傷痛？

我想是不夠的。

因爲既然連傷痛都已經是回憶裡的一部分，那怎麼可能忘得掉？

所以，我想，半年的時間不夠用來忘掉傷痛，卻足夠用來反省自己爲什麼會有傷痛。

我承認，是我逼得太緊，所以馨慧才會無法呼吸，無法在我給她的世界裡自在地悠游。

所以我也學會了用另一種心情來面對自己曾經鑄下的錯誤。

我還喜歡馨慧嗎？

我想，那存在我心裡的感覺已經不是喜歡，而是一種看淡。

她有自由飛翔的權利，自然地，我也有。

因爲我生命中的另一個她，已經出現了。

那是個沒有陽光的天氣，一整天，天空裡瀰佈著灰黑色的烏雲，不時有令人心驚的雷聲在天空裡嘶吼，高雄市像是被洗了一次澡一樣，雨下得好像在報復似的。

我一個人，站在文化中心旁的全家便利商店外躲雨，身上剩下一百八十元，心裡在盤算著午餐的預算，也在考慮著是不是該花錢買把傘。

最後，我打算買一把傘，花掉一百五十五元，剩下的二十五元，我可以買兩包科學麵，一包當中餐，一包當晚餐。

進了全家便利商店，我嚇了一跳。

爲什麼會嚇一跳？

我覺得那家全家便利商店的店長應該回家去努力清洗一下眼鏡，因爲他的早班店員實在讓人無福消受。

我忍耐著這恐怖的歐巴桑店員，拿出僅剩的一百八十元給她，然後她打發票找錢，我則努力地轉移視線。

就在她打發票的同時，一聲叮噹響，門口進來了另一位顧客。

其實，我並不是故意要去注意那一位顧客的，只是因爲歐巴桑店員的關係，我不得不……

但，我還是得感謝那一位歐巴桑店員，如果不是她，我也不會注意到另一個她。

「小姐，請問雨傘放在哪？」剛進來的那位小姐湊到我旁邊，拿下她的口罩問歐巴桑。

如果她沒有把口罩拿下來，我大概只會注意口罩好不好看；但是她既然把口罩拿下來了，我當然要注意她好不好看。

然後，我又嚇了一跳。

嚇這一跳的原因跟我看到歐巴桑店員時嚇一跳的原因可不一樣。

她眞是個不折不扣的高雄型美人。

爲什麼會叫做高雄型美人？

因爲美人在我眼裡分高雄型與台北型，自從我去台北找過馨慧之後。

台北型美人之所以叫台北型美人，是因爲她們有一個很明顯的共同點，那個共同點不是別的，就是辣。

當然辣也有分，分成超辣、特辣、大辣、中辣、小辣、以及一點都不辣。

前面五種我想我應該不需要多做解釋，依字面意思就可以心領神會，但爲什麼還會分出第六種呢？

因爲有一些不太能辣的女孩子爲了在台北生存，拚命把自己變辣，結果辣不成功，反而調味失敗。

而高雄型美人則不一樣，她們雖然也參雜了辣味，但辣中有序，絕對不會隨隨便便辣來辣去。

她們在辣中還帶點秀氣，在秀氣中多了些野性，又在野性中藏了點含蓄，而含蓄裡裏了點活力。

這麼複雜的美人實在不是很好當，所以一生中如果能遇到一兩個高雄型美人的話，那眞的死而無憾。

焦點回到全家便利商店。

那位店員走出櫃台，到我剛剛拿雨傘的地方翻找了一會兒，然後轉頭看了我一下，又看了高雄型美人一下，然後說：「小姐，最後一把傘已經被這位先生買走了。」

這時候，高雄型美人看了看我，再看了看我手上的傘；我也看了看她，再看了看她似乎挺媚登峰的身材。

故事都是在這種巧合之下開始的。

這些巧合似乎你連想都想不到，但一旦發生時卻連想逃都逃不了。

但眞的想逃嗎？

一點都不想，因爲她是高雄型美人，一輩子只能遇到一兩個，而且會死而無憾。

接下來呢？

好戲似乎現在才開始。

我們這樣互看了多久？

大概幾秒鐘吧！

我不知道自己爲什麼會有這樣的反應，因爲我竟然把發票及雨傘拿起來遞給她說：

「那……就當作是妳買的吧！傘拿去，發票拿去，祝妳中獎。」

接下來的場景，是三個人一起演，一個我，一個她，一個歐巴桑，三個人的表情都一樣，就是錯愕，而三個人的台詞都一樣，就是沒有台詞。

又過了大概幾秒鐘，高雄型美人笑了起來，我也忍不住笑了出來，而歐巴桑卻依然錯愕。

「呵呵呵。是嗎？那……多少錢？」

「本來是一百五十五元，但因爲已經是二手貨了，就便宜賣吧！」

然後，她又開始笑了。

我呢？我也笑了。

似乎我們會這樣一直笑、一直笑，怎麼笑也笑不完。

「是喔！那……你想賣多少？」

「目前還沒有想到價錢。」

「那表示不賣了？不賣沒關係，我還可以去別的地方買。」

「不不不！我賣，我賣，但錢大概買不到。」

「那我怎麼樣才買得到？」

「如果小姐妳有空，我想，用一杯咖啡的時間來買這把傘，應該不會太貴吧？」

如果你們覺得我這種招式眞是約美人喝咖啡的絕頂妙計的話，那你們就錯了，因爲聰明的人不是我，而是她。

她在聽完我的話之後，對我笑了一笑，然後走向店內的冰箱，拿出兩瓶藍山咖啡，結了帳，然後拿了一瓶給我。

「一杯咖啡的時間，現在就付給你。」她一邊遞咖啡給我，一邊笑著對我說。

接下來是令人尷尬的時間。

因為我一時反應不過來，我跟她之間的對話被一陣乾笑給取代。相信我，這輩子喝瓶裝咖啡沒有喝過這麼慢的。

我跟她就在全家便利商店的騎樓下邊喝咖啡邊聊天，雨勢似乎一點都沒有轉小的趨勢。這讓我很高興，因為在那一剎那間，我突然感覺到，只要雨不停，我跟她就會繼續下去。

但現實問題還是讓人討厭，雖然雨不停，但我還是得回住處繼續念書，而她也得回到她的工作崗位。

在我的堅持下，她答應讓我陪她走到她工作的地方——文化中心裡的圖書館。

跟一個美人同撐一把傘是一件很自虐卻又很爽的事。自虐的原因是因為你得拚了命不讓她被雨淋到一點點，而你自己會變成隻半生不熟的落湯雞。

爽自然不需要我附加說明。

從全家走到圖書館的路途很短，大概五分鐘就走到了。這五分鐘裡，我除了拚命不讓她淋到雨之外，也拚了命暗示她，我想留下一些連絡方式，但她不知道是真的聽不懂？還是她裝傻的功夫一流？

跟她道別之後，看著她的背影走進圖書館，我似乎掉進去年耶誕夜的那天晚上，馨慧轉身跑開我身邊的記憶裡。

天還是下著雨，很大、很大，我心裡被一層又一層的失落給包裹住，撇開我跟高雄型美人認識的時間長短不說，這樣的離別要人不感到失落也難。

我一個人回到住處，甩甩頭試圖讓自己清醒點，回到我今天應該念完的進度裡，幸好我是個說念書就能念書的人，否則，我想一天的時間就要泡湯了。

到了傍晚，我已經把兩包科學麵給解決了，肚子依然餓得要命，不得已，得動用到我的緊急基金一千元。

我離開住處，走到樓下的提款機前，領出一千元，再往全家走去，買了碗滿漢蔥燒牛肉麵，選了瓶飲冰室茶集的綠茶牛奶，在關上冰箱門的同時，我看見了早上她買的藍山咖啡。

我的心突然又揪了一下。

姑且讓自己發一次神經，我放回飲冰室茶集，換了瓶藍山，就結了帳，走出全家。

我大概眞的發神經了。

我竟然一個人在全家的騎樓下發呆，想著早上跟她在這裡聊天的每一個情景，想著她的每一個笑容。

她叫什麼名字並沒有告訴我，所以我沒辦法去找她，我也不敢就這樣進到圖書館裡，走到她旁邊，然後跟她說我想再約她喝一次咖啡。

但發著神經的我還是傻傻地走到圖書館，拎著我的滿漢蔥燒牛肉麵和一瓶藍山，心裡幻想著我可以正好遇到她下班，而且還可以在這時候假裝碰巧又遇上她。

我站在圖書館外，看著圖書館裡，來來往往的人裡面，並沒有發現她的身影，我想她大概已經下班了吧！

看了看手錶，已經是下午五點〇九分了，天空還是一樣的灰黑，只有些許部分透出傍晚的橘紅，沒了雨聲，卻多了失落的叮噹聲。

就在我決定離開的時候，一陣風吹了過來，也吹出了一陣紙聲。

一張A4大小的紙，貼在圖書館的側邊門上。

我拚命跑，拚命跑，相信我，我這輩子沒有跑這麼快過，雖然全家便利商店離圖書館的距離很近，即使慢慢走也只要五分鐘左右的時間，但當我看過那張紙上寫的內容後，即使再慢一秒鐘，我都會非常非常懊悔。

因爲紙上寫著：

給欠我東西的人：

我不知道你會不會看到這張紙條，我想我大概是瘋了才會這麼做，但是我不甘心，因爲我已經付給你一杯咖啡的時間，你卻沒有把傘給我。

如果你看得到這張紙條的話，我在全家等你，只等你十分鐘。

婷　下午五點

這是我的手機號碼

「我有兩個手機號碼。」

「舊號碼是大家用的，每個朋友都可以打給我。」

「新號碼是爸媽、家人、跟男朋友用的。」

「這是我的新手機號碼，再見。」

他第一次看見她，是在醫院裡。

她是個護士，是個骨科醫生的得力助手。

他是個病患，因爲車禍撞斷了腿骨。

她是個護院剛畢業的大女孩。家在桃園，一個人到台北的醫院工作。

他是個研究所一年級的小男人。家已經移民加拿大，一個人在台灣念書。

「早安！」這是她每天進到他病房裡的第一句話，很有精神的，尾音斷的很自然。

「我還要多久才能出院？」這是他每天看到她的第一句話，很沒精神的，像患了重症的病人一樣。

「還有七十天，你的復健才做得完。」她邊寫著病歷板，邊笑著對他說。

她寫過病歷板，放下他的病床防欄，扶著他下床，坐上輪椅，到院裡的復健室做每天一次的復健。

做過了復健，她又扶著他坐上輪椅，回到病房，再寫一次病歷板，然後跟他說聲：「再見。」

她的笑，總是能讓他忘記復健時的辛苦。

這是他開始復健的日子以來，每天最快樂、也最失落的時候。

因爲他總在她笑著對他說再見之後，拿出藏在枕頭下的日曆本，把今天畫上一個

×。

他愛她，從第一次見到她開始。

所以他難過著，每畫上一個×，表示他跟她相處的時間又少了一天。

「早安！」她笑著對他說。

「我還要多久才能出院？」

「還有六十九天，你的復健才做得完。」

「早安！」她笑著對他說。

「我還要多久才能出院？」

「還有六十八天，你的復健才做得完。」

然後是六十七天、六十六天、六十五天……

她總是能不厭其煩地告訴他，而且總不會忘記帶著笑容。

有一天，剩下三十天了。

他的家人從加拿大回來看他，給了他一支手機，要他在住院期間有任何需要，用手機直撥國際電話回家。

他討厭醫院，因爲他討厭復健。

所以他討厭這支手機，因爲他隨時隨地都會被家人用電話詢問狀況。

「我把手機送給妳好嗎?」有一天,他在她寫病歷板的時候,這麼問她。

「爲什麼?」

「因爲我討厭它。」

「不用了,我已經有手機了,而且我還有兩個號碼呢!」

「爲什麼要兩個號碼?妳不嫌煩?」

「舊號碼是大家用的,每個朋友都可以打給我。」

「那新號碼呢?」

「新號碼是爸媽、家人、跟男朋友用的。」

她說完,笑著放下病歷板,替他拉上窗簾。

「再見。」走出病房前,她仍不忘這麼對他說。

他的心情比之前更失落,因爲她告訴他,她新手機的號碼,只給家人跟男朋友用。

這一天,他的復健期只剩下十五天。

×仍舊繼續一天天地畫下去。

然後,耶誕節到了。

醫院裡面永遠都是那蒼蒼然的雪白色,他懷念外面世界的色彩,以及讓人心愉的耶誕氣氛。

他托同學幫他買一張耶誕卡，一張只印著一個太陽、一個星星、一個月亮、以及一句 Merry X'mas 的耶誕卡。

「我愛妳。」

這是他在耶誕卡上寫的唯一一句話。

但是他沒有拿給她，因爲他不想讓她困擾。

耶誕節那天，他的復健期只剩三天。

「早安！」她依然很有精神地走進病房，對他親切地問候著。

「早安！」他第一次很有精神地回應她的問候，而不是問她出院日期。

因爲昨天，他在日曆本上畫了最後一個×。

「終於要出院了，心情好多了吧？」她笑著問他，語氣依然溫和自然。

「或許吧！」他語帶酸澀，還輕嘆了一口她聽不到的氣。

「你要回學校了吧？」

「不，我要回家了。」

「家？加拿大的家？」

「嗯。回去幫父親做事。」

「那你的學業怎麼辦？」

「不念了。」

他的聲音沒有表情，她的聲音也沒有表情。

但他的心其實很難過，因爲，這將是他最後一次看到她。

「那，保重了！你的腿不能太過動。」

「這幾個月來，謝謝妳的照顧。」

「不會。來，我幫你收行李吧！」

她又是對他一笑，然後拿起他的cK深藍色旅行袋，幫他收拾行李。

當他在收拾東西時，看見他在耶誕節所寫的耶誕卡時，他的心灰了一邊，另一邊則慢慢滲出血來。

他還是沒有轉身把卡片交給她，只是趁她不注意的時候，把卡片放到枕頭下。

他在期待著什麼，連他自己都不知道。

「好了，我去幫你辦出院。」

她放好他的行李，就走出病房，這是她第一次沒有說再見，甚至連頭都沒有回。

這是他最後一次見到她。

他回到學校，告別了同學、教授，又回到自己住的地方，隨便裝了一袋簡便的行李，就直接到桃園中正機場，搭上了加航往加拿大的飛機。

不用畫×的日子，過的有些不習慣。

或許是時差的關係，他回到加拿大之後，整整有一個月的時間，他沒有能好好地入眠。

他發現，自己睡在醫院裡的病床上，比睡在家裡的床上要舒服得多。

他努力地不讓自己去回想住院的日子，也努力地告訴自己是因爲飛過換日線的關係，他只是不習慣這麼寒冷的國家，與這麼陌生的環境而已。

但其實他清楚得很，他想她，想得要命。

有一天，他要到多倫多去參加他父親公司的一個會議。

心血來潮，他拿出他住院時用的那個cK旅行袋，準備裝一些簡便的行李。

這時，他才發現，他一直忘了清掉放在那裡面，在台灣住院時所用的一些用品。

然後，在那一堆用品中，掉出了一封用紫色信封包裝的信，那是張耶誕卡。

封面寫著他的名字，字跡就跟病歷板上的一樣熟悉。

「〇九二六××××××，這是我的新手機號碼，再見。」

「如果明天不下雨，那表示連老天爺

都要我們重來一次，不再分離。」

「如果下雨了呢？」

「不管會不會下雨，下午三點的二號出口，

會給你答案的。」

是的，我看見答案了。

下午三點的二號出口，妳不在……

我多麼希望收到老天爺的E-mail，歉疚地說：

「對不起，我弄錯了天氣。」

有個女孩

其實不是有個女孩，
而是有兩個女孩。
一個出現在之前，
一個出現在之後。
姑且，我們叫她之前，
也叫她之後。
而他介在之前與之後之間，
姑且，我們叫他永遠。

其實不是有個女孩，而是有兩個女孩。

一個出現在之前，一個出現在之後。

姑且，我們叫她之前，也叫她之後。

而他介在之前與之後之間，姑且，我們叫他永遠。

之前出現在之前，在很久以前。

她的笑永遠忘不掉，她的大眼睛永遠忘不掉，她的聲音永遠忘不掉，她的可愛永遠也忘不掉。

而她給永遠的傷害，永遠也忘不掉。

在很久以前，之前愛上了另一個男孩，她沒告訴永遠，所以永遠一直以爲之前依然深愛著永遠。

直到之前的大眼睛裡再也沒有永遠，再也沒有愛著永遠的光芒閃爍著，永遠才發現，之前變了。

但永遠看不出之前哪裡變了。

或許是態度變了，或許是語氣變了，或許是感情變了，或許是整個人都變了。

但永遠不想承認之前變了，因爲永遠相信著之前，他深深地愛著之前。

直到永遠看見之前與另一個男孩，在永遠所熟悉的那張溫暖的床鋪上。

永遠的心在那一刹那間流不出血來，連哭泣的力氣都沒有，只是靜靜地看著之前與那男孩的纏綿。

但永遠選擇繼續愛著之前，寧願忘記之前的錯。

但之前選擇放棄永遠，寧願擁抱那時的錯。

有一天，永遠告訴之前：「我可以什麼都無所謂，只要讓我繼續愛著妳。」

之前只是冷冷地看著永遠，然後冷冷地說：「我忘不了他。」

就這樣，永遠與之前將近七百個日子的愛情畫上了紅色的句號。

後來，永遠變了。

永遠變得不再重視愛情，永遠開始玩弄愛情，永遠把自己關在自己心裡，因爲永遠發現，不讓自己跑出來才是眞正安全的。

永遠開始學著之前，因爲他覺得之前愛人的方式好輕鬆，讓人好不能離開或忘懷。

永遠看著自己曾經被之前割過的感情傷口，發現那是一種成長，不管是不是負面的，他都喜歡那傷口留下的痕跡。

所以永遠開始爲所欲爲、開始依然故我、開始漫不經心、開始一切都不在乎。

只要是安全的，不會再被傷害的，永遠都喜歡。

直到之後出現了。

之後是個絕頂聰明的女孩。

之後有所有永遠沒見過的女孩特質，有永遠沒嘗試過的愛情挑戰，有永遠沒聽過的特別見解，有永遠從來沒見過的可愛。

因爲之後總是能讓永遠吃驚，所以永遠對之後很感興趣。

永遠開始追之後，很努力地追之後，追到之後發覺自己已經沒有辦法抵擋永遠的攻勢。

之後跟永遠在一起了。

但請記得，永遠已經是個爲所欲爲、依然故我、漫不經心、什麼都無所謂的永遠了。

他追之後的時候是這樣，追到之後的時候也是這樣。

但之後要的不是這樣。

之後是個愛情至上的女孩，之後喜歡甜蜜、喜歡浪漫、喜歡沉浸在愛情裡的感覺、喜歡所有永遠不喜歡的。

所以永遠漸漸發現，之後只是個特別過頭的女孩，並不是他想要的。

永遠喜歡自由、喜歡無拘無束、喜歡依自己的方式過愛情、喜歡所有之後不喜歡的。

有一天，之後告訴永遠：「你好冷淡。」

永遠聽了之後，只是冷冷地告訴之後：「我就是這樣，因爲之前教我的。」

看到這裡，或許你們會發現，之前眞是厲害，永遠眞是笨蛋，而之後眞是可憐。

但故事還沒完。

就在之後與永遠在一起的第九天，永遠與之後分手了。

原因無它，只是永遠覺得之後不適合他，而之後覺得永遠可以改變。

永遠眞的不會變，永遠將永遠都是那個爲所欲爲、依然故我的永遠。

之後開始軟化、開始無所謂永遠不變的事實、開始委屈自己、開始發覺自己深深愛著永遠。

但，永遠愛之後嗎？

不。永遠只是在那一剎那間發現自己愛上了之後，在永遠爲之後叫了輛往機場的計程車，爲之後關上門的那一剎那。

只是那一剎那而已，永遠還是不愛之後。

因爲永遠覺得之後只是個特別過了頭的女孩，並不是永遠想要的。

後來，之後回到了台北。

之後很難過，之後很想念永遠，之後願意爲永遠放棄所有，甚至是尊嚴。

分手後的第一天，之後告訴永遠：「我可以什麼都無所謂，只要讓我繼續愛你。」

有沒有覺得這句話很熟悉？

是的。

這是永遠在很久以前告訴過之前的那句話，不顧所有的尊嚴、任意踐踏自己的那句話。

永遠嚇了一跳，永遠彷彿看見了自己跪在之前的面前，掉著男兒不輕彈的眼淚，苦苦哀求之前再給他一次機會。

後來，之後傷透了心，因爲永遠告訴了之後：「我忘不了她。」

之前在哪？

之前在永遠心裡最愛也最恨的地方。

之後在哪？

之後在永遠心裡最痛也最深的地方。

永遠在哪？

永遠在之前心裡最愧疚的地方。

永遠在之後心裡最愛也最恨的地方。

永遠其實不遠，之前其實也不前，之後也不很後。

只是愛情在這三者之間，存在的只是痛。
這一切都是因爲——
「我忘不了他（她）……」

愛情，在沒有過去與未來的牽絆時，才是真正公平的。

呆頭鴨與呆頭鵝

他轉過身子離去，步伐沉重得像玻璃碎片墜地的聲音。

六年前的那個背影如果像現在一樣，我會毫不猶豫地朝他奔去。

「我永遠都是你的呆頭鴨！你聽到了嗎，呆頭鵝？」我輕輕地說著，在他已經走得很遠的時候。

他高中畢業那年，寫了這樣一張卡片給我：

有很多比我更好的男孩子，妳偏偏選了我。

兩年的距離那麼遠，是妳跟我再怎麼努力都接不起來的，我該給的都給了，妳要自己堅強點。

P.S.我喜歡妳送給我的生日禮物，很漂亮，我喜歡星沙。

他很不負責任，他說：「快畢業了，大家都忙著分手。」

在學校門口的一個公佈欄旁邊，是畢業典禮後的場景，很多很多的人從我們身邊經過，傳來的聲音是快樂中帶著離別之情的不捨與無奈，就這樣錯綜著。

「是啊！大家都忙著分手，但我們連開始都沒有，你就這樣告訴我這句話？」

我這麼回答他，身邊的吵雜聲再大我也聽不見。

他沒回答，只是對我笑一笑，然後騎上機車就走。

我再也沒有看到他，他就這樣帶著我的感情走了。

那時，我才高一，剛進高中時，因爲喜好音樂的關係，我進了吉他社，他就是我第一個認識的學長。

我不否認是我主動去認識他的，因爲我愛極了他坐在窗戶邊彈吉他的樣子，一副眼鏡讓他看起來斯文中帶著那麼點帥氣，高高瘦瘦的，十足白馬王子的模樣。

又因爲他剛好姓王，所以我乾脆直接叫他王子，而他叫我公主。

公主跟王子這樣的暱稱叫久了，同社團的人也都習慣把我們湊成一對，吃的時候他陪我，出去的時候他載我，學吉他的時候他教我，玩騎馬打仗的遊戲時他揹我。

「我們是男女朋友嗎？」

每次我這麼問他，他都是只看了我一眼，然後摸摸我的頭叫我一聲：「呆頭鴨。」

事情過了好多年了，我已經大四了，當我幾乎快忘記他的時候，他又闖進我的生命，那隻呆頭鵝……

「涂鳳琴！」

一個沒有雲的好天氣，一個沒有心情的好心情，因爲他的突然出現，天空的雲漸漸多了起來。

我詫異著這個人是誰，怎麼一臉鬍渣、邋里邋遢的樣子，頭髮好像好幾天沒洗了，有蒼蠅在他的頭上跳著「The lady in red」。

「是我，王祐強！」

王祐強？

我沒聽錯？喔不，應該說我沒看錯？

六年前的他是個很清秀的男孩子，每天衣著都是很整齊的，可能是因爲他是處女座的關係，那個時候他很明顯地給人的感覺就是有潔癖。

但是現在看到他的樣子……說他有潔癖？打死我都不相信！

一身白色襯衫泛著微黃的顏色，不像黑色的黑色牛仔褲上好像有番茄醬乾掉的痕跡，鬍子當然是不必說的多，頭髮大概也因爲太久沒洗而黏在一起……總之，我不相信他是我以前認識、甚至喜歡過的那個王祐強。

「你是王祐強？」我深深地質疑著，口氣中還帶著「別靠近我」的味道。

這是學校餐廳前，我淑女的形象及學校餐廳衛生必須維護。

「對啊！妳忘記我了？」

「……」我繼續端詳他，並且把左腳往後退一小步。

與其說是忘記，不如說是不敢承認，曾經是我寄託感情的人，現在像個跑路的……

「妳在這幹嘛？」

「我是膳食委員，正要去餐廳値班。」

「那正好！我肚子餓了，妳請客吧！」

「我請客？不……王先生，你還是別進餐廳的好。」

「不進餐廳我怎麼吃飯？」

「沒關係，你等我，我幫你包出來。」

「啊，好啊。謝啦！那我到那邊等妳。」他一手指著草坪旁的公園椅，一面笑著跟我說。

那是六年前的那個笑容。

好酸……我彷彿又看見他騎上機車，丟下我一個人站在佈告欄邊，排氣管排出的白煙模糊了他的背影。我記不清楚，那時是眼淚讓我看不見呢？還是我受不了的機車廢氣？

他逕自往公園椅走去，像極了六年前那一副不負責任的樣子，而我開始痛恨的是自己，現在居然還要幫他包便當？

是我錯了吧！左右不了自己的心緒，任它這麼糾纏著。

我跟他差兩歲，但我卻覺得我比他成熟兩歲，至少我懂得面對自己的感情，而他一再一再地視若無睹。

大學四年我不是沒人追，而且現在我也有一個男朋友叫彭耀倫，大家都叫他小倫，他對我很好，高高瘦瘦的，一副眼鏡讓他看起來斯文中帶著那麼點帥氣，像極了六年前的王祐強……

不！我在想什麼？怎麼不趕緊到餐廳裡值班，反而站在這裡發呆？站在這裡發呆著、看著他坐在公園椅上抽起煙來，他本來不會抽煙的……

值班的時候小倫跑來找我一起吃飯，他是個有很多話可以跟妳說的人，跟他在一起絕對不必擔心沒有話題，他可以從路邊看到的一隻小狗講到系辦的事，從系辦的事講到昨天吃了些什麼東西，從昨天吃過的東西講到騎機車時看到的美女，再從那個美女身上講回路邊看到的那隻小狗。

我每次都是「嗯嗯嗯」地應付他，再用不是很笑得出來的笑容回他。

身邊是小倫，面前是自己的飯，我的心卻在餐廳外那張公園椅上。

我對他是眞心的，這個他當然是小倫，王祐強只是過去，從他丟下那句不負責任的話的那一秒鐘起，我就把他當成是個無緣的學長，一個高中時吉他社教過我吉他的無緣的學長。

「我是愛你的！」我這麼跟小倫說。

他的眉頭歪斜了一下，「我知道。」

他回得很自然，我卻聽得很心酸，我知道自己是愛他的，但我並不是要故意在這個奇怪的時候說出來，只是我想讓他知道，外面有個男人正等著我的便當，而我得對小倫證明說我是愛他的，也對我自己證明。

奇怪的是爲什麼在這個時候我會有良心上的譴責？像針扎在皮膚上的感覺，痲痲的、痛痛的，也是會流血的。

要包便當給王子……

不！王祐強的事我沒有讓小倫知道，或許是我想避免不必要的解釋吧！他是個會問東問西的人。

「你的便當。」我不情願地拿給王子……不！是王祐強！

「哈哈！謝謝！怎麼包這麼慢？我都快餓死了。」

「餓死最好！省得我麻煩。」

「什麼話！這樣社會就少了一個人材耶！」

「人材？我倒希望你是根木材，至少還可以拿去燒。」

「喂！六年不見，妳說話越來越尖酸囉。」

「是啊，六年不見，你的樣子越來越乞丐了。」

乞丐……現在的他真的很像。

一副狼吞虎嚥的樣子，我想現在拿狗食給他他都會吃下去。

「你怎麼會在這裡？」到現在我才想起要問他這個問題。

「我是這裡的學生啊！」

學生？我都大四了，如果我們同校的話，大學四年要不碰面都難，怎麼我不知道他是這裡的學生？

「你騙我！我怎麼沒看過你？」

「我剛考上這裡的研究所啊，在學校裡晃的機會也不多，研究都做不完了。」

「研究所？你剛考上？你退伍啦？」

「嗯，退伍了。剛考上……研究所。」他邊吃邊回答我的問題，看起來有點噁心。

有點心酸……

「你慢慢吃吧！我要走了。」

「嗯……嗯……謝謝……拜拜。」

「五十元。」

「五十元？」

「便當五十元。」

「喔！抱歉。」他從口袋裡掏出五十元硬幣給我，又繼續吃著他的便當。

他出現之後，我的世界開始有了轉變。

這個他當然是指王子……不！是王祐強。

轉變是好的嗎？

或許我會回答不好，如果眞有人這麼問我的話。

他就如他所說的，很少在校園裡出沒，自從那次便當事件之後，我就很少碰到他，除非是半夜我睡不著到校園裡閒晃，否則白天想看到他大概很難。

當然我並不是想看到他，只是……只是我會去想他現在怎麼樣。

最近一次看到他是兩個禮拜前的事，他一個人坐在上一次吃便當的那張公園椅上，頭低低的不知道在做什麼。三更半夜的，學校的路燈把他的背影照得有點詭異。

我沒有過去跟他說話，因爲我得擔心自己的安全。

期末考結束了，我跟小倫約好星期天要到動物園去玩，因爲我想去看看無尾熊。人很多很多，動物園很擠很擠，大家都爲了看那無尾熊的二十秒排隊排得滿頭汗。當然，我跟小倫也是。

小倫很體貼，他去買了濕紙巾和可樂給我，一下子幫我開可樂，一下子又幫我拆紙巾擦汗。

有這樣的男朋友是每個女孩子的希望，我當然受之無愧，因爲現在這個男朋友是我的。

無尾熊眞的很可愛，如果那個人沒有來的話，無尾熊會更可愛。

「才二十秒，全世界的人都擠到這來看這兩隻畜生，眞無聊！」

王祐強的聲音從我背後傳來。他的聲音我一輩子也忘不掉，尤其是他在發牢騷時的聲音。

我回頭，果然是他，馬上不客氣地給他一個白眼。

在學校都很難碰到他，偏偏在這裡會碰到，太奇怪了！

「你不也在這？難道你就不無聊？」

「反正閒著無聊啊！」

聽他說話我會吐血，從以前到現在總是一副天塌下來事不關己的德性，再加上現在毫不修飾的門面、顏色配得跟油漆工沒啥兩樣的穿著，我眞懷疑自己以前怎麼會喜歡他？

「他是誰？」小倫問我。

我沒回答，一把抓住小倫的手，想把他拉走，我不希望小倫知道他。

「嗨！你好！我是琴子的高中學長。」

「你好。」

「你是她男朋友吧！嗯……果然有我的樣子！」

「？」

你的樣子？聽得我火氣都大起來，他話越說越過分，當場我不顧淑女風範地甩了他一巴掌。

「王祐強！你說話小心點！」

「鳳琴，妳別這樣……」

小倫拉住我的手往後退，我氣炸了！

「學長，抱歉。」

小倫還向他道歉？小倫居然向他道歉？難道他一點都不明白有人正騎在他的自尊上嗎？

「小倫你……」

「走吧！別再說了！」

小倫拉著我就走，四周的遊客個個都傻了眼。

王祐強把手撫在臉上，呆站在那裡。

這樣就放過他？

我好不甘心，這傢伙擺明了找碴來的，只甩他一巴掌我覺得太便宜他，雖然我的手痛得要命。

我被小倫拉著邊走邊回頭瞪他，王祐強動也不動地站在那兒，手撫著臉。

我在最後一次回頭時看到他的眼神，好落寞，好像還帶著淚。
好好的一個星期天，好好的一個好心情因爲他泡湯了。
從動物園回到學校的路上，我跟小倫沒說半句話。
結果不說也知道，回到學校宿舍前，什麼事都會問東問西的小倫跟我大吵了一架。
「妳說，他到底是誰？」
「他只是一個學長。」
「學長？那他爲什麼說我像他？」
「我……」
「別支支吾吾的！妳跟他沒什麼的話妳不會說不出來！」
跟小倫在一起快兩年了，這是他第一次這麼兇，第一次這麼咄咄逼人。
「他眞的只是一個學長，一個我高中時吉他社的學長。」
「也是妳高中時的男朋友？」
「不，我們沒有在一起。」
「沒有在一起？這個答案不夠完美！我不接受！」
不夠完美？那怎麼樣的答案才叫完美？爲什麼你們男人都一定要女人向你們解釋清楚？而且還要求完美？

「那你告訴我，什麼是你要的完美的答案？」

「實話就是完美的答案！」

「我說的是實話！」

「這不是個完美的實話！」

「我眞受不了你們處女座的男人……」

「我們處女座？我們？他也是？我靠！」

小倫往旁邊的牆壁上重重地踢了一腳，這一腳好像也重重地踢在我心上。

我這才想到，小倫也是處女座的，他的一切都那麼像他……

難道我是爲了尋找一個跟王祐強很像的人才跟小倫在一起的嗎？

不！我不是這樣的！因爲他在我心裡早就只是個高中時吉他社的學長而已……

我哭著，什麼都不想解釋了，小倫在我耳邊說什麼我都聽不見，我只想讓自己靜一靜。

「我們最好別再吵下去。」我說：「如果再這樣吵下去，會沒有什麼好結果。」

小倫沒再說話，轉過頭，慢慢地，走進宿舍裡去。

我不知道在那兒坐了多久，眼淚在臉上乾掉的感覺讓我想快去洗個澡，順便把自己的心情洗一洗，看看是不是會乾淨點。

手好痛，洗澡的時候我還感覺到痛，我想王祐強一定更痛吧！

一向瀟灑不羈的他被一個女人甩了一巴掌，我想痛的不只是他的臉而已。

原來王子並不像童話故事裡的王子一樣有風範，而是這麼一個會惹人傷心又讓人想想，出手打他的原因好像也不只是因爲他亂說話而已。

……

小倫呢？我想他受的傷害是最大的，自己的女朋友被別人用言語吃豆腐不說，自己的自尊被一個完全不認識的人踩在地上的感受想必是很難受的。

如果我把事情都告訴他的話，或許今天就不會這樣了。

原來洗澡，是洗不乾淨心情的……

吃過晚餐，心情還是沒有好起來，我撥分機給小倫，但他不在；我打手機給他，他關機；我call他，他沒有回。

這樣坐在電話邊等電話的感覺是很難受的，當妳牽掛的他因爲妳而不知去向又不肯回妳電話的時候。

等到晚上十點多，電話來了。

「喂！喂！小倫，你別生氣了。」

我抓起電話就說，但電話卻不是小倫打的。

「呆頭鴨，是我啦！」

是王祐強打的，一聽這討厭的聲音就知道，尤其是「呆頭鴨」這三個字，根本就是他專用的。

「你爲什麼知道我宿舍分機號碼？」

「拜託！隨便查都知道好不好！」

「可是我不想讓你知道啊！」

「眞要這麼絕情？」

「是你逼我的……」

「我……那好吧！本來要給妳看樣東西的，我想算了吧！」

「什麼東西？」

「絕情的人看了也沒用的。」

「你說不說？」

「妳越來越沒耐心了。」

「跟你這種討人厭的人說話還要什麼耐心？」

「好好好！算我怕了妳！十二點整，我在餐廳前等妳！」

「十二點？爲什麼要那麼晚？」

「要不要一句話。」

「我可以說不要嗎？」

「可以！但是我會等到妳來的！一定會等到妳來的！」

說完，他送給我一聲「喀啦」，連一聲拜拜都沒有，只留給我滿腹的疑問。

爲什麼要叫我出去？要給我看什麼東西？

通常像這樣的心情，不用別人找我，我自己就會出去到校園裡走走，看看學校夜裡的空氣能不能讓我舒服點。

看看時鐘，十一點三十一分。

我抱著枕頭坐在床上，鄰床的學妹問我：「學姐，跟男朋友吵架啦？臉色很難看耶。」

「沒有。」

「是嗎？不太像耶。」

我笑了一笑，沒再跟她說話，因爲我還在等小倫的電話。

「如果小倫在十一點四十五分前打來，我就不去了。」我這麼告訴自己。

「如果小倫在十一點五十分前打來，我就不去了。」四十五分過後，我這麼告訴自己。

「如果小倫在十一點五十五分前打來，我就不去了。」五十分過後，我這麼告訴自己。

電話響過，但那是打給學妹的。

我等到心都痛起來了，還是沒有小倫的電話，在我這麼脆弱需要男朋友安慰的時候，我的男朋友在哪裡？

不知道……

我又一個人躲進棉被裡哭了起來。

時間一秒一秒在走，等我把眼淚擦乾，用力躲避學妹的問話，穿上外套要出去時，已經是一點多了。

冬天的半夜很冷，每一吋風絲都鑽進我的外套裡，任我怎麼綣縮都沒用，冷的感覺還是那麼徹底的。

餐廳前沒有半個人，只有寒風跟我這個瘋子在那兒逗留。

我看向那張王祐強坐過的公園椅，好像也看見了他一個人坐在那兒吃便當的孤單背影。

「是他自己要選擇孤單的。」我這麼跟自己說著，連自己都感覺到那麼一絲絲的恨意，像吹進外套的冷風一樣。

我開始想起以前跟他在一起的日子。

其實，他是最照顧我的一個學長，對一個剛進入高中這種陌生的新生活圈的女孩子來說，有人照顧是最幸福的一件事，沒有能跟他在一起，我想只能說是緣分問題吧！

他一直擁有進入我心房的那把鑰匙，只是他從來不去用它。

六年了，有六年的時間沒看到他，我還是這麼清晰地記得以前跟他的一點一滴，我想大概只有初戀才有這樣的魔力吧！

他給了我愛情世界裡的甜與苦，也給了我酸與辣，自己卻不陪我吃；我只能把自己吃得脹脹的，然後用六年的時間來消化。

小倫呢？

說眞的，他才是我第一個男朋友，我第一次去阿里山看日出，是他陪我的；我第一次去貓空看夜景，是他陪我的；我第一次到基隆廟口吃小吃，是他陪我的；我第一次到合歡山去玩雪，也是他陪我的；我的初吻，也是他順理成章拿走的。

小倫，他有我太多太多的第一次，讓我無論到哪個地方都會想到曾經是他帶我來的，每個他陪我到過的地方都被他撒下了魔法，我只能恨自己對這樣絢麗奪目的魔法沒有自制力。

所以，我愛小倫嗎？

是的，我愛他，只是他手上的號碼牌，永遠比學長少一號。

「發什麼呆啊？呆頭鴨？」

啊！我被這突如其來的聲音嚇了一跳。

他站在餐廳旁的柱子邊，我看不清楚他的臉，但他的聲音，我實在忘不掉。

「終於肯來啦？」

「你連半夜都改不掉缺德的習慣？」

「我說琴子啊，妳是我認識的女孩中最淑女的，說話應該要有點氣質。」

「廢話別那麼多，到底有什麼東西要給我看？」

「喔，妳等等。」他在他的大衣上翻弄著，拿出一盒東西。「這裡太暗，我們到椅子那邊去。」

話說完，他就往椅子方向走去，我小心翼翼地跟在他後面。

路燈一照，我才發現，他穿得好整齊，還把所有的鬍渣都刮掉了，頭髮也梳理得很好看，十足六年前的模樣。

「拿去！這是我要給妳的東西。」

我們站在椅子旁邊，他把那盒東西拿給我。

打開盒子，裡面是一只木偶，一隻手掌的大小，一個女孩的樣子。

短短的頭髮，一雙大大的眼睛，沒畫上鼻子，只有個小嘴巴。

仔細看了一下，上面刻了一排字：Just for you.

「像妳嗎？」

「我？」

「是啊！像吧！我花了好久的時間刻出來的耶！」

「你……爲什麼？」

「沒爲什麼，只是想要回我六年前該擁有的。」

我說不出話來，只是一直一直盯著這只木偶。

「我知道妳現在有男朋友，但沒關係，我會慢慢地把妳從他身邊搶回來。」

「……」

「我是故意考你們學校的研究所的。」

「！」

「那天也是故意在餐廳外面等妳的。」

「！」

「今天也是故意跟著妳跟他去動物園的。」

「！」

「對不起，今天在動物園說了不該說的話。」

「……」

「我之所以這麼做，是因爲我發現六年前沒有把妳留在我身邊，是我這幾年來最大的遺憾。」

「……」

「這六年中，我沒有交過女朋友，因爲我找不到有哪個女孩子像妳一樣。」

「……」

「我想我是錯了吧！不該把妳放棄，畢竟當時年紀小，想的並不多、不遠。」

「……」

「但那些都過去了，我只想問現在的妳，願意回到我身邊嗎？」

「……」

「對不起，讓妳等這句話等了六年。」

我該怎麼辦？這是他第一次給我這麼深的感動，空白了六年的我對他的夢，他狠心到今天才畫上顏色。

我看著他，討厭的眼淚又不小心滾了出來，手中握著他給我的木偶，冷冷的風沒有停過。

「呆頭鴨，妳哭起來很難看。」

他握住我的手，兩雙冰冷的手碰觸後，居然是溫暖的……

是啊！他說的沒錯，小倫是很像他，外型像、處事待人像，連星座都是一樣的。

我的心在掙扎著、翻絞著，過去的所有都在腦海中閃過，包括小倫給我的，都閃過。

但因爲那些記憶太多，閃得太快，我感覺到那麼一絲絲的痛。

「對不起……我愛小倫……」

他握著我的手突然用力了一下，隨即鬆開，冷風又把我的手裹滿。

「眞的……沒有機會嗎？」

「……我……對不起……」

「沒關係，我知道該怎麼做。」

「你一直有開啓我心房的那一把鑰匙，但你卻始終沒有用過它；於是，在兩年前，

我已經把它給了小倫。」

「嗯，是我不懂得把握。」

是風嗎？還是有寒流要來？我覺得身邊的空氣好像要結冰了，因爲我看到他的眼淚

……

「晚安，妳快回去睡吧！木偶……請妳好好保存，那是我第一次送女孩子的東西。」

「嗯。」

「那……拜拜了。」

「拜。」

他轉過身子離去，步伐沉重得像玻璃碎片墜地的聲音。

六年前的那個背影如果像現在一樣，我會毫不猶豫地朝他奔去。

「現在我是小倫的公主，但我還是你的呆頭鴨啊！你聽到了嗎，呆頭鵝？」我輕輕地說著，在他已經走得很遠的時候。

他舉起手揮了一揮，我想他聽到了。

隔天早上，小倫帶著早餐，在我的宿舍外面等我。

而那只木偶，被我封在我最心愛的木盒子裡。

傷痕上的傷

女人一生中有三個時候最美，
一是為心愛的人哭泣時的美，
一是為自己理想努力時的美，
一是穿著新娘禮服的美。

妳就站在我面前，一身白紗。

妳跟我說：「女人一生中有三個時候最美，一是爲心愛的人哭泣時的美，一是爲自己理想努力時的美，一是穿著新娘禮服的美。」

我們就住在岡山眷村裡，記得小時候所有的女玩伴，就屬妳最不像女孩子，因爲妳連跟男孩子打架都會贏。

妳家就住在我家隔壁，妳很「恰」，晚上我常會聽到妳在罵妳弟妹的聲音。

妳弟妹的作業、試卷、家庭連絡簿都是妳在簽名的，因爲妳媽媽在妳上小學時就因病過世了，而妳爸爸要兼三份工作才能維持你們一家四口的生活。

妳每天都會到我家叫我起床，幫我把便當帶好，然後帶著弟妹一起到學校去。

晚上我媽不在時，妳就會煮我的飯，然後叫我過去吃。

記得有一次，隔壁巷子的大頭強把我推到水溝裡，那時我很瘦小，根本攀不著溝緣，是妳把我拉起來的。

那時妳確實比我高大。

當晚大頭強到我家來找我，我才知道妳居然帶人去海扁他一頓，還要他來跟我道歉。

妳比我早一天出生，但我卻覺得妳比我大好幾歲，像個姐姐。

我們上同一所小學，妳坐在我隔壁；上同一所國中，妳坐在我隔壁；連高中聯考時，妳還是坐在我隔壁。

我對妳的依賴也就這樣隨著九年國民義務教育前進。之後，妳考上高雄女中，我考上高雄中學，我們不同校了，我才發現沒有妳在身邊的日子是必須自己勇敢的。

隨著課業越來越重，我們見面的時間越來越少，雖然就住隔壁，但我很少看到妳，因爲妳爸爸失去了最主要的那一份工作，妳必須在學校放學後去打工存自己的學費與生活費。

所以我會在星期六晚上妳打工回來時，到妳家幫妳複習功課，但每次都是我先睡著。

我問妳爲什麼都不覺得累？

妳對我笑一笑，然後回答我說：「累不得，因爲我不能輸你！」

妳輸我？從小到大都這麼獨立自主的妳還會輸我嗎？

後來，妳考上清華，我則上了政治。從新竹到台北也是有一段距離的，但妳還是每個星期日到台北找我。

我問妳爲什麼？

妳還是笑一笑，然後回答我說：「我只是不想一個人無聊。」

大二時，我交了個女朋友，而在同一年，妳爸爸中風了，家裡的負擔一下子掉到妳身上。

妳休學了，妳交給弟妹一人一張郵局提款卡，就獨自到高雄工作了。

在妳去高雄的前一天，妳打電話給我，要我替妳照顧妳弟妹，然後妳再也沒有回岡山眷村，之後就沒有了妳的消息。

大四那一年，我跟她分手了，原因是因爲她愛上了學校的籃球隊隊長。

我開始找妳，從妳妹妹那裡得知妳在高雄的電話，但我沒有一次找到妳，即使是三更半夜，妳的電話還是沒有人接。

畢業後我沒有考上研究所，所以我當兵去了，在當兵這兩年中，我還是繼續找妳。

妳妹妹告訴我妳離開了高雄到台北發展，而且也交了個男朋友。

我很替妳高興，因爲那些我沒有幫上什麼大忙的事都有了不錯的結果。

妳弟妹都順利地考上了大學，而且都跟妳一樣獨立；而妳也有了個男朋友……

退伍後，我在台北找到一份工作，也找到了妳。

那是個下著午後雷陣雨的壞天氣，我們約在誠品書店敦南分店。妳變了，變得清秀而且不失成熟美，大波浪卷的髮型讓妳看來更有女人味，已經不是以前恰北北的小女生了。

在聊天當中我問及妳跟妳男朋友的事，妳只是笑一笑。

那年，我們二十五歲。

之後我們就常見面，就跟以前一樣，不一樣的只是我已經是個不需要再依賴妳的男人了。

但我們在一起的時間並不長，因爲公司將派我到洛杉磯分公司去，所以我們又必須分開。

「我的回憶是你寫的，你就得負責擦掉，如果堅決離開我們的回憶的話。」一九九七年的耶誕節，妳這麼告訴我，我第一次聽到妳說：「你知道嗎？你一直在我心裡，而他只是你的影子……」

一九九八年一月二號，我搭上了那班往洛杉磯的班機。

那句話沒有留住我，也沒有留住我們的緣分。

在美國的日子很孤單，我這才發現，只要是沒有妳的地方就很孤單。

我常寫信給妳，妳也都以E-mail回我的信，很高興的是，我們沒有因爲這麼遠的距離而斷了連繫。

一九九八年十二月二十四號，因爲妳，我回到了台灣。

妳就站在我面前，一身白紗。

我就站在他身後，是妳跟他的伴郎。

「能嫁給你的影子，我已經很滿足了。」

妳在婚禮前一晚告訴我的這句話，到現在還痛得可以。

妳眞的很勇敢，勇敢到只爲了等我的一句話等了這麼多年。

是的！妳告訴過我的，女人一生中最美的三個時候，至少我看到了其中一個。

「是我太倔強了，連哭都吝嗇讓你看見。」

來不及了，一切都來不及了，當我親眼看著他把戒指套入妳的左手無名指，我才發現妳臉上滾燙的淚。

妳一點都不吝嗇，妳大方的讓我恨透了我自己。

爲什麼就這麼簡單的一句話，我卻說不出來？

從小妳就一直走在我前面，就連現在妳都贏我……

「我愛你……」

在禮車駛離會場前，妳回頭看著我，這麼跟我說著。

美而美早餐店

妳好，紮馬尾的女孩：
第一次看到妳是三十四天前，妳坐在這家早餐店吃早餐；而我在早餐店外繞了十七圈。
好棒！第一天就能看到妳十七次！我覺得很高興。

高雄市早晨的太陽好像比其他地方爬得都快，像向日葵的我沒辦法，只好比其他人起得都早，正所謂「早起的鳥兒有蟲吃」？

不，別想的太美，只是早起的女孩比晚起的女孩多那麼一點眼睛睜著的時間，也就不小心多那麼一次邂逅。

我起得早幹嘛？

我起得早也真的不能幹嘛。

三十四天前，我家對面新開了家美而美早餐店，給了我一個每天準時吃早餐的理由與地點，不必再到學校附近排隊買那不是很好吃的草莓土司。

於是，我每天早上到我家對面那家美而美早餐店當第二個顧客，然後騎著腳踏車到中正體育館動一動，再回家洗個算是浪費水的美容澡，之後再換騎機車到學校上課。

說眞的，早起對我來說眞的不能幹嘛，直到有一天我當了美而美的第一個顧客，我才發現，早起眞的可以幹嘛。

我記的很清楚，三十四天前有個男孩發神經似的在早餐店外面繞了很多圈，然後隔天他就出現在早餐店裡。

我記得他每一次都坐在那個靠近垃圾桶的位置吃早餐。

可能是因爲我覺得坐在垃圾桶旁邊吃東西很噁心，所以在我第三十二天看到他依然坐在垃圾桶旁吃早餐時，我受不了地走到他旁邊跟他說：「還有其他沒人坐的位置，爲了你的健康著想，你可以不必跟垃圾桶坐得這麼近！」

很奇怪嗎？

爲什麼他臉紅得跟什麼一樣的付了帳就離開？

騎上他看起來很帥氣的捷安特腳踏車，像躲避警察的犯人一樣飛也似的「逃離」現場。

嗯，這是他第一次比我早離開美而美。

第三十三天，他沒有來，我終於可以不必繼續在意那看起來很替他痛苦的畫面，第一次在美而美吃早餐吃得那麼輕鬆。

一樣！

我吃完早餐到中正體育館動一動，雖然說是動一動，也只是爬著樓梯走向看台最上方。

共八十七階，會花我一百零三秒的時間。

每天一百零三秒的運動，讓我一直保持著「胖不起來」的身材。

當我走到第八十五階時，我看到那個男孩子坐在離我約四十至五十公尺的距離，在一個垃圾桶旁邊吃早餐。

我又開始納悶，為什麼他一定要在垃圾桶旁邊吃早餐？就好像洗澡一定得在浴室洗一樣，難道早餐的味道加上垃圾桶的氣味所產生的化學作用，能讓他更有食欲？

管他！

我故意讓自己不再替他與垃圾桶的故事難過，反正我都坐在這吹吹晨風十五分鐘就回家準備上課，管他什麼時候被那恐怖的化學氣味毒死。

回家洗完美容澡之後，在我出家門剛騎上機車時，有人叫住我，是美而美的老闆娘，她拿了封信給我，告訴我是那個「與垃圾桶共舞」的男孩子麻煩她轉交的。

嗯，我喜歡這個外號！

原來早餐店的老闆娘也這麼幽默。

在好奇心驅使之下，我馬上打開信來看。

妳好，紮馬尾的女孩：

昨天妳第一次跟我說話，我眞的眞的很高興，雖然妳說的話讓我很難為情，但是妳的聲音卻一直讓我忘不掉。

提筆寫信給妳其實已經不是第一次的念頭了，但沒有一次完成的！或許是我自己心裡作祟，我想妳一定不會理我。

第一次看到妳是三十四天前，妳坐在這家早餐店吃早餐；而我在這家早餐店外繞了十七圈。

好棒！第一天就能看到妳十七次！我覺得很高興。

但我只能陪妳吃三十二天的早餐，我今天就要移民洛杉磯了，沒機會再跟妳一起吃早餐了……

我買了個綁馬尾用的星型髮夾，我打算要親自拿給妳，但我卻沒勇氣走向妳。剛剛「陪」妳在這裡坐了十五分鐘，好高興，至少我除了吃早餐外，還可以用別的方式陪妳……

可惜的是，星型髮夾，沒機會拿給妳了。

拜拜，我喜歡的紮馬尾女孩。

阿樹　一九九九年七月二十五日

我哭了？門都沒有！只是今天風大有沙子亂飛而已……

好奇怪，我居然假裝「順路」地在下午下課後到體育館動一動，這是我第一次一天運動兩百零六秒。

我走上階梯第五階時，望向早上那個他坐過的位置，那兒只剩下那個沒了他看來顯得有點孤單的垃圾桶。

一樣，我走向看台階梯最高處，坐下來吹第一次傍晚的風十五分鐘。

傍晚的風比清晨的風涼，或許是心情涼吧！因爲我看到垃圾桶旁邊有個星型髮夾。

我哭了？

對，是哭了，我不再拿「沙子進了眼睛」那無聊的話當藉口，當我發現老闆娘的草莓土司並沒有比學校那兒的好吃，卻也是故意每天到美而美吃早餐的時候……

曾幾何時，相愛已成一種奢侈。

把遺憾的淚哭盡，寫一曲淒感的詞。

然後，別過頭去，等待天亮之時，

只是沒想到，生命要我忘了妳的名字。

曼徹斯特的夕陽

妳和我有相似的靈魂，都習慣了等待，也愛上了等待。只是我們不同的，在於妳的等待是現在式，而我的等待已經過去了。

「我的左手有話跟你說。」

「什麼？左手有話跟我說？」

「是的，想聽嗎？」

「想，但是……怎麼聽？」

「用你的右手。」

我習慣了在網路上寫日記，是在我大二的時候。

文婷是介紹Diary板給我的人，她玩BBS已經很久了，受她哥哥影響的關係。

其實我並不知道那會變成一種習慣，因爲重複著敲打鍵盤寫下一天的心情與遭遇是一件不很有趣的事，在我來說。

大學生的一天，除了上課、吃飯、報告、教授的訓言、學校的公告、同學之間的相處、社團裡的大小事、明星的八卦之外，頂多再多加個天氣的好壞，就眞的沒什麼好寫的了。

所以我的日記裡，只有生活中的點滴，以及某些有感而發，卻欲哭無淚的心情。

文婷時常說我是一個不知道什麼是滿足的人，她說我擁有很多很多，卻一直不覺得足夠。所以她時常看我在發呆，看我在校園裡走路，好幾次她就這樣看著我在宿舍外的小陸坡來來回回好幾次，卻怎麼也看不懂我在做什麼。

我說我在散步，是笑著對她說的。

但她說那根本不像是散步，是在專心地走著。她說這句話的時候，表情非常的嚴肅。

「妳彷彿在等待著，又彷彿在尋找著什麼似的不斷地來回。」

她每次都這麼說，每次我也都這麼聽著。

文婷是我的日記唯一的讀者，我的每一篇日記她都不會放過。

她說我的日記總是寫了九十九分，剩下的一分不是吝嗇付予，而是變成一種軌跡。一種有跡可尋的直覺，彷彿是一種密碼，只要解開密碼，就可以直探我的內心。

我覺得她想得太多了。

我的日記並沒有她所說的那麼高深、那麼神祕。日常的瑣碎與心情的記事會有多難瞭解呢？

在我的感覺裡，我的日記，就真的只是日記而已。

但讓人奇怪的是，就算是非常普通的日記，感覺上也是非常私密的。

私密的日記卻擁有一個忠實的讀者是怎樣奇怪的現象呢？

我不知道，但對於文婷的閱讀，我並沒有什麼不高興的，甚至也沒有什麼會不敢寫下去的。

或許就是因爲太常看我的日記的關係吧。文婷說她總會覺得我的日記永遠缺了些什麼，有時候明明感覺到下一句話就要道出最重要的那一個部分，但結果卻是令她失望的。

她說，我有好的頭腦、有好的成績、有好的人緣、有好的家境，人生美好的部分我一樣都不缺，爲什麼日記裡的我，卻總讓人覺得少了很重要的那一部分？

你們會猜是愛情嗎？

其實也不是，因爲我很幸運的，擁有很多追求者。

所以文婷下了結論，我是個不懂什麼是滿足的人，所以等待與尋覓是我最常出現的動作及眼神。

直到我寫下了這一篇不像日記的日記，在我們即將畢業的時候，文婷推翻了她自己的結論，開始羨慕著我。

作者：Aenbiarshy（安比雅希的月）　站內：Dairy
標題：戀戀夕陽
時間：Sun. May 26 01:31:20 2002

金黃色的稻穗兒啊，你們是傍晚最悠閒舞者。
從你們屈膝鞠躬的舞蹈當中，我看見風的樣子。
夕陽向你們說了什麼嗎？為什麼在絢爛的橙紅下你們總是笑著的？
是不是開了月兒玩笑，你們被逗得開心了？
只可惜月兒的臉蛋永遠是白色的，不懂什麼是臉紅。
不然，我真希望陪在夕陽身旁，看一看你們被金黃色染紅的笑容。

By 安比雅希的月

「安比雅希的月」是我在BBS上的暱稱，Aenbiarshy是我的ID。安比雅希是我的英文名字，而我的中文名字裡有個月字。

我不知道這一篇像極了新詩的日記，文婷到底看出了什麼？因為連我自己都不知道我在寫什麼。

但不得不承認，這是我近三年的日記時光裡，寫得最快樂、最舒服的一次。同時，也是最短的一次。

日記裡再也沒有生活中瑣碎的點滴，也沒有讓人欲哭無淚的心情。

奇怪的是，以前的日記少則兩篇，多則十數篇，如果真要一字一字去計算，應該也有數千字，甚至萬字，但即使字數再多、篇幅再長，也有一種話沒說完的哽塞感。

但這篇寥寥數行的日記，卻好像把這幾年想說的，通通都說完了一樣。

所以想了想文婷以前的結論，我突然發現她是個可以看透我的人。而面對她現在的羨慕，我反而有些心虛。

我很想問她到底爲了什麼而羨慕，但是我沒有開口。

只是突然有一天，她在睡著之前轉頭對著我說：「就快到了吧，那夕陽的出現」，我才稍稍瞭解了她的羨慕。

其實她是不需要羨慕的，因爲我也不是眞的已經知道自己要什麼，只是先想像一個目標而已。

我慶幸著她並沒有看出我的害怕。

因爲在下了決定等待某個不知道是否眞的會來臨且正確的選擇，是一件可怕的事。

我唯一擁有的只有自己，唯一能依賴的只有等待前的防守。

然而，再多的心理準備，都沒有辦法完全地抵擋突如其來的衝擊。

夕陽出現了，來自曼徹斯特的夕陽。

如果你問我，家鄉最讓我難忘的是什麼？
我會回答你，是那一片金黃色的稻田。
如果你問我，城市最讓我難忘的是什麼？
我會回答你，是那一幕灰白色的雨天。
如果你問我，人生最讓我難忘的是什麼？
我會回答你，是那一張泛黃色的照片。
如果你問我，愛情最讓我難忘的是什麼？
我會回答你，我不知道，或許是思念。

會認識曼徹斯特，一樣是在BBS上的Diary板裡。

但嚴格說起來，應該是在我的mailbox裡。

他是第二個看出那一篇「戀戀夕陽」帶著隱藏意義的人，除了文婷之外。還是我應該說，他是第一個將隱藏意義變成實際意義的人。因爲他回應了我的「戀戀夕陽」，並且直接寄到我的mailbox裡面。

而他的回應，是一種慢性催眠，也可以說是一種溫柔的當頭棒喝。

他清晰地道出了我內心深處的想望，又很客氣有禮地保留了讓我回應的空間。像是這一份想望一開始就是他給予我的，卻粗心地忘了提醒我要去發現它，而現在他很靦腆地為他的姍姍來遲而抱歉。

我不知道自己為什麼要稱曼徹斯特為「他」？這個稱呼在我脫口而出的當時，把自己嚇了好大一跳。

一種很強烈的安全感突然在心裡面引爆，我感覺到爆炸的震撼力，卻感覺不到轟隆之下的恐懼，反而有一種莫名的悸動，像是被喜歡的人輕輕地吻了一般。

這一個「他」字，我輕呼的好自然，對一個不認識的人……不！應該說對一封不知來由的mail，這是不該有的語氣，而心裡那一抹暈甜，更是不該有的蘊悸。

這個「他」字所有的語氣，應該是給情人的專利啊！

一種藏了好久的心事突然被一個陌生人看穿了的感覺，為什麼會是高興的？而害怕竟然只是少許，甚至幾乎要不存在。

作者 mamy（曼徹斯特的夕陽）
標題 猜
時間 Mon. Jun. 10 03:02:18 2002

稻穗兒會悠閒的舞著，是因爲妳的經過。
即使妳只是一步一步的走，依然像是翩然起舞般的輕鬆。
妳的微笑，連風兒都困惑，暴露了行蹤。
夕陽是我，而我並沒有向那一片橙紅說過什麼。
他們之所以輕輕搖曳的笑著，是安慰妳等待的寂寞。
月兒啊月兒，妳是不是忘了什麼？
夕陽與月的相戀，只能在日與夜短暫的交會中。

這是他寄……不，是曼徹斯特寄來的第一封mail。

不是我不想以「他」來稱呼他，而是我發現每一次這麼做，我就像踩在一個不知名的沼澤中，慢慢地往下沉淪。

我沒辦法去想像曼徹斯特是用什麼樣的心態寫這一封mail。就像我不知道他以「猜」字做爲標題，就眞的只是猜測我的心嗎？

當我寫完「戀戀夕陽」的時候，我也不清楚到底我筆下橙紅的稻穗代表的是什麼？而夕陽又代表著什麼？

又爲什麼曼徹斯特可以把猜測表現的這麼赤裸、直接、果斷又那麼輕柔呢？

我不得不停止並且後悔寫下「戀戀夕陽」時那一份此許的炫耀與驕傲，即使文婷看出了我心底的欲望。

面對她的羨慕，我只有些許的心虛。但因爲曼徹斯特的這一封mail，我才感受到那一種身著國王新衣的愚蠢。

從五月二十六號我寫下了「戀戀夕陽」，到六月十號曼徹斯特給了我他的猜測，這兩個多星期的時間，我依然沒有停止過在Dairy板寫日記的習慣，爲什麼曼徹斯特獨獨選擇了這一篇回應我？

曼徹斯特是誰？他在我的身邊出現過嗎？難道我的日記除了文婷之外，還有另一個，甚至更多人在讀嗎？

撇開那些沒辦法得到答案的問題不想，那麼，曼徹斯特的猜測就眞的正確了嗎？如果我說不正確，是因爲我不想被看穿嗎？還是因爲我其實是高興的，只是在行口非心是之爲而已？

我沒辦法停止這一大堆問題不斷地從我的腦袋裡竄出來，更沒辦法解開。

我唯一能做的，就只是不停地重複看著曼徹斯特的信，我企圖從他的文字中找出文婷所謂的軌跡，但是我能力不及。

看過了曼徹斯特的信，文婷很開心，她不停地咯咯笑著，指著我的鼻子說：「我就說吧，夕陽快出現了。」

我沒辦法理解文婷的開心是爲何？更沒辦法理解爲什麼文婷知道夕陽會出現？曾經我也猜測過，夕陽可能是文婷的朋友，但是答案不然。

文婷說，她並不是特別的聰明，可以看出我的軌跡，可以意會我在小斜坡上的動作是一種等待或找尋，而是我習慣了把祕密放在我的文字裡。

她說，Diary板是所有上BBS的人都可以自由來去的地方，而她只是唯一我知道的讀者，但其實看過我的日記的人很多很多。

「只要有人肯用心看妳的日記，就可以輕易地知道妳的祕密。」文婷像是在教我什麼似的說著。

「那妳爲什麼知道夕陽快到了？」我不服氣地問她。

「多看Diary板就知道了。」她俏皮地指著螢幕對我說。

後來，我把Diary板上所有的文章檢視過了一次，我才發現，原來，曼徹斯特的夕陽並不是現在才出現的。

曼徹斯特第一次發表文章，是在二月十四日情人節當天。

而標題很不明所以的，是我的英文名字Aenbiarshy。

從他第一篇日記開始，每一篇的篇名都是Aenbiarshy。Diary板的板主還因爲他的文筆，在精華區裡開闢了一個他的專區，特別取名叫做曼徹斯特。

我責怪著自己的大眼睛，爲什麼天天在Diary板留下自己的心情，精華區裡也有我安比雅希的專區，爲什麼我竟然沒有注意到曼徹斯特的存在呢？

深夜幾許，我把他的日記一篇一篇的讀完，我想試試文婷所說的，用心看日記，就可以知道別人的祕密。

只是，我並沒有看出他的祕密。

反而，我在他的日記裡，看出了同一種情緒。

書桌前那一面小鏡子反射著我的臉，鏡子裡我的眼神透露了一些疲倦。因爲夜深了吧，這時候應該是沉沉入睡的。

只是，爲什麼……？

他的出現，以及他以我的名字爲名的日記，竟然可以使鏡中的我的嘴角，輕揚著不應該有的微笑呢？

於是，我回了一封信給曼徹斯特。

只是這一封所謂的信，我並沒有回到他的信箱，而是寫在Diary版上。

作者：Aenbiarshy（安比雅希的月） 站內：Diary
標題：回應你的猜
時間：Tue. Jun. 11 22:15:17 2002

嗨！曼徹斯特的夕陽，這樣叫你一點美感都沒有，而且你的名字太長了。是不是可以給我一個適合於你的稱呼？

我第一次爲了一個人寫日記，感覺很空虛。因爲我並不知道這篇日記是爲誰寫的。或許這樣的說法不盡然正確，我應該這麼說，我知道這篇日記，是爲了一個在BBS站上名爲「曼徹斯特的夕陽」的人寫的，但我卻不知道這個人是誰。

我有好多的問題想問你，但我卻不知道從何問起。

你出現的不是時候，因爲再過兩天，我就要畢業了，我必須收拾習慣台灣的心情，到澎湖去開始一年的實習。我想，你可以猜出「戀戀夕陽」的涵意，但應該沒有神奇到可以猜出我是師範大學的學生吧。

你是誰呢？曼徹斯特的夕陽。

在Diary板上留下文字的人那麼多，爲什麼唯獨選擇了回應我呢？還是我往自己臉上貼金了，其實你不只是回應我而已呢？

我看到了你在板上的每一篇日記，每一篇的篇名都是Aenbiarshy，這是巧合嗎？還是這個名字對你來說有另一種意義呢？

這一篇日記你看得見嗎？曼徹斯特的夕陽。

你會吝嗇回答我的問題嗎？曼徹斯特的夕陽。

就如我在信中所說，第一次為了一個人寫日記，感覺好空虛。

我不明白曼徹斯特的突然出現，竟然會是我生命中期待性的存在。像是站在雨中等待著一把傘。

文婷說過，我是個什麼都不缺的人，不管是物質上還是心靈上。

我有個當大老闆的爸爸，有個當教授的媽媽，因為沒有任何兄弟姐妹的關係，我集萬千寵愛於一身，不管是別人眼中奢侈的享受，還是女孩子心中希冀的物質要求，我從來不曾缺少過。

從高中到大學，從補習班到社團，我從來就不乏追求者。

不管是品學兼優的好學生，還是帥氣瀟灑的男孩子，別的女孩子所欣賞的對象，都曾經是喜歡我的追求者。

但每當我從他們的眼神中看出他們只是喜歡我的美麗，他們從來就不曾瞭解過我在等待與追求的是什麼時，我對感情開始失去了信心。

文婷常對著別人說我是系上的冰山美人，要融化我很簡單，但如果少了智慧與細心就很難。

我想她說對了吧。

因爲我確實在不經意當中，在日記裡留下了我心裡的希望。我渴望著有一天自己可以被某個人融化，而不是因爲時間而自己融化了自己。

所以，素未謀面的曼徹斯特，像是站在阿里山的觀曙峰上等待的日出一樣，在它的輝日突然乍現之後，所有的期待在那一剎那得到了答案。

只是，我總是會擔心，如果曼徹斯特不是我所想的曼徹斯特時，我該怎麼辦？

日記寫完了之後，我偷偷地查詢了曼徹斯特。

曾經我認爲BBS設定了Query的功能對我來說是沒有用的，因爲我從來不曾去查詢過任何一個人，就連同上一個BBS站的文婷，我也從來都不知道她的名片檔到底是什麼。

文婷說，我是這世界上少數的異類，相較於其他BBS的使用者，只能用一句話來形容我：「不食BBS煙火。」

【網友列表】　　貓空行館　　看板《Diary》

mamy（曼徹斯特的夕陽）上站一四一次，文章一二八篇，已經通過身分認證

上次（九十一年六月十日　03:45:16　星期一）來自（208-35-64-107.HINET-IP.hinet.n）

〔動態〕不在站上〔信箱〕都看過了〔名片〕：

上一秒鐘的消逝，像是妳的離去；
上一分鐘的消逝，像是妳的離去；
上一小時的消逝，像是妳的離去；
我試圖撥慢時鐘的速度，甚至趕上時光的腳步，
回到那一天，阻止妳的離去。
但是，親愛的妳……
我追不回時間的消逝，像是追不回妳的離去。

他的名片檔，有著跟他的日記一樣的情緒。

彷彿我也可以感受到他的心境，甚至似乎可以聽見他在寫這名片檔時，心裡不斷低

吟的嘆息。

我不懂他名片檔中所謂的「她的離去」是什麼意思，我只感覺到了分離的心情。

而我也試圖用「用心看，可以看出祕密」的方法來解讀他的名片檔，但我無能爲力。

就在我發呆了許久，時針已經從十慢慢轉向二的時候，我收到了他的回信。

作者　mamy（曼徹斯特的夕陽）

標題　我的自私

時間　Wen. Jun. 12 02:00:36 2002

嗨！安比雅希。

我必須向妳說聲抱歉，因爲我的自私。

其實妳要怎麼稱呼我都沒關係，如果很難找到一個適合的名字，那就叫我曼徹斯特吧。

知道妳這一篇日記是爲了我寫的，我有一半的欣喜，也有一半的歉疚。

欣喜是因爲我等到了妳的回應，而歉疚的原因，就容我以後再告訴妳吧。

知道我猜出了妳「戀戀夕陽」的涵意，心裡眞有說不出的高興。因爲妳和我有相似的靈魂，都習慣了等待，也愛上了等待。

只是我們不同的，在於妳的等待是現在式，而我的等待已經過去了。

我羨慕著依然可以等待的人，因爲等待總會得到答案，不管是好的還是壞的，總會有一個交代。

我知道妳是師範大學的學生，因爲妳上站IP的關係。但我不知道妳已經要畢業了，否則，我會快一些寄信給妳。

澎湖對我來說是一個陌生的地方，我從來沒有去過。如果再過兩天妳就要畢業了，那什麼時候妳就要離開台灣呢？

關於妳的問題，我並不會吝嗇給妳答案。

我只是一個平凡的男人，會用男人兩個字來形容自己，是因爲我已經二十八歲了。

我並不認識妳，而且我相信我們連一面之緣的緣分都沒有過。

對妳來說，我或許只是一個網路上的過客，但因爲過客的叨擾，所以妳對我的身分感到好奇。

但對我來說，妳絕對不只是一個網路上的過客。

雖然我的語氣很堅決，但我不知道堅決的原因爲何，大概是因爲妳的名字吧。

我會以妳的名字Aenbiarshy做爲我每一篇日記的標題，是一種巧合。

但我想妳沒有辦法瞭解，我有多麼不希望這是一種巧合。

祝妳　順心平安

看完他的信，我便卡在某一個思緒裡，像是把自己關在一個透不進光的房間裡，苦苦思索著思緒給我的線索，便於我理清答案所在。

之前我說過，他的每一篇日記，都透露著同一種情緒。我沒有辦法形容這個情緒，是因爲我也在找尋，但他的這一封回信，卻依然透露著同樣的情緒，這不禁勾起我深深的疑問。

這個情緒到底是什麼？

我嘗試著再把他所有的日記重新再看一次，包括他的這一封回信，每看過一篇，答案就像難題得到了暗示一樣明顯了一點，但最後，我還是沒能得到答案。

「一種像掉了很重要的東西一樣的難過與痛苦。」

我自言自語地給了自己這麼一個模稜兩可的推測，卻同時掉進了他日記裡所築起的那一份心痛。

同樣在站上，我相信他看得見我的ID。

或許我們都不約而同地把對方的ID設定到好友名單，所以他在站上的顏色，是我上BBS以來第一次看見的亮黃色。

BBS以來第一次看見的亮黃色。

但我們都沒有再去打擾對方，似乎有一種不需要事先說好的默契，我們每天就只說這麼一次話，只是我們說話的方式比較不同。

我用Diary板告訴他我想說的，而他用mail回應我他所想的。

只是，我慢慢地發現，當我開始不是爲了自己寫日記，而是爲了他在網路上敲打著每一個字時，我漸漸地有一種流失的感覺。

我嘗試著努力在字裡行間隱瞞這所謂的流失，卻又想企圖試探他的想法。

「他不是說如果他知道我快要畢業了，他會早一點寄信給我的不是嗎？爲什麼他會有這個打算呢？」

「他很堅決地表示對他來說，我不只是網路上的過客不是嗎？爲什麼他會有這樣的想法呢？」

像是不斷地催眠自己一般，我說服著自己，他對我就像我對他一樣，有著相同的隱瞞。但又像是害怕自己受到傷害一般，我要自己斟酌著每一字句的涵意與表達。

文婷說我面對這樣的情況，只有兩條路可以選擇。

一是勇敢，二是逃避。

「反正網路上的相識，就算是在同一個城市裡上同一個網站，距離還是遙遠的。遙遠表示一種安全，只要不見面，妳不必擔心他會帶給妳什麼傷害，頂多就是寄個電腦病毒給妳，讓妳的電腦癱瘓。」文婷很正經地說著。

但她所說的，我何嘗不知道呢？

勇敢對我來說，像是放在喜馬拉雅山頂端一樣的遙遠。

但逃避對我來說，更像是天上雲一般的遙不可及。

作者：Aenbiarshy（安比雅希的月） 站內：Diary
標題：情緒
時間：Wen. Jun. 12 23:24:36 2002

嗨，曼徹斯特：

延續著昨天的心情，我對你依然有好多的疑問。這一篇日記依然是爲了你而寫的，感覺還是很空虛。

爲什麼你要爲了你的自私而抱歉？而你的自私是什麼呢？

爲什麼我爲了你寫日記，你卻覺得歉疚呢？

爲什麼可以拿來當作日記標題的文字那麼多，你偏偏要選擇安比雅希呢？

爲什麼你選擇了安比雅希之後，又希望它不是個巧合呢？

你說我跟你是很相似的，在習慣且愛上等待的那一個部分，那麼，聰明的你，猜得出我等待的是什麼嗎？而爲什麼你的等待已經過去，又肯定地告訴我，我的等待還在進行呢？

到底你是誰呢？曼徹斯特。

對你，我有好多好多的期待，又帶著同等分量的害怕。你只在我的生命中出現了兩天，卻引出了我二十二年來心底最深處的戀念。

是不是我不知道什麼叫作回頭路？所以一旦有你這樣的人出現，我就忘了去理會心裡的膽怯？明知道你或許離我非常的遙遠，但爲什麼我有一種很深的期盼，期盼你可以出現在我身邊呢？

再過兩個月，我就要離開台灣，到更靠近西邊的澎湖去。

而後天，就是我的畢業典禮了。你知道師範大學在哪裡嗎？如果我們不是在這無邊無際的網路上相識，我還眞希望可以在領過畢業證書的同時，收到你送給我的花呢！可惜，人家說畢業就表示失業，我想，雖然我不至於會失業，但我會失去你送我花的機會，還有每天寫日記給你的宿舍網路了。

還好，家裡有最好的電腦，有最快的ADSL，當初要申辦的時候，我還是舉反對票的那一個人呢！沒想到自己竟然會變成使用者。我想，這都是你害的。

你在哪裡呢？曼徹斯特。

我不像你那麼聰明，會看IP這樣的東西。我只知道當我在使用著電腦，奔馳在網路的世界裡，用鍵盤一字一字的敲給你我想說的話時，你會在這世界的某一個角落，收到我爲你而寫的日記。

祝　日安

By 安比雅希的月

作者 mamy（曼徹斯特的夕陽）
標題 危險的相遇
時間 Thu. Jun. 13 01:28:10 2002

親愛的安比雅希：

我必須向妳說聲抱歉，因爲我的自私。

這兩天上線之後的第一件事，就是到Diary板去看一看妳的日記。妳說妳爲我而寫日記的感覺是空虛的，那麼我也想告訴妳，看著妳爲我寫的日記，我的感覺也是空虛的。

兩份空虛的感覺，飄浮在同一個BBS站的同一個板上，會產生什麼樣的結果呢？

我不知道，但我想說的是，即使感覺是空虛的，而空虛若代表的是一種痛苦，那我可能已經愛上這一份痛苦，沉醉在這一份空虛。

一個二十八歲的男人，在網路上遇見一個二十二歲的女孩，到現在一共花了約七十個小時的時間，用文字來瞭解彼此，爲什麼這短短的時間裡，竟會允許對方在自己的心裡留下那麼深的一道痕跡呢？

我們畢竟只看見對方的文字啊。

不知道妳有沒有看過今年的一部電影，叫做「長路將盡」。

那是敘述一對恩愛夫妻的故事，妻子是一位很有名的作家，先生則是一所學校的教授。

這一位教授有著極爲保守、內斂的個性，他對這女孩一見鍾情，並且對她付出了所有。而這個女孩則是一個極其聰明，而且走在時代潮流之前的學生。

在年輕的時候，有一天，教授問了這個女孩一個問題。

「You love word to distraction, why?」（妳爲什麼對文字如此瘋狂？）

這女孩輕笑著回答說：「How can you cerebrate without word ?」（沒有文字，

你如何思考？）

當我看到這裡的時候，我只是對這句話表示認同，但現在卻深深地感受到這句話的眞意。

我們從對方的文字裡去思考，且思考著如何以文字回應。

但妳想過了嗎？我們之間之所以會以文字來作爲橋樑，是因爲我們心裡的話必須用文字來表達，所以文字只是工具，現在我們所交流的，是彼此的內心。

只是我們都詫異著吧。

爲什麼七十個小時的時間，心裡對對方的千情萬緒卻多過了一切？

這表示著什麼嗎？我不敢去設想這個問題。

因爲我從一開始就不斷地向妳道歉，因爲我的自私。而就是因爲只有我瞭解這自私的原因，所以我不敢去設想這七十個小時之後的每一個跟妳有關的心情，因爲一旦放縱了自己，自私的罪就會更重。

聰明的妳，應該早已知道今年的二月十四日，是我在這裡留下第一篇日記的日子吧？會在這裡註冊ID，是因爲我家就住在貓空，一個擁有奇特的名字及精緻風景的地方。而二月十四日對我來說，是一個必須用生命去做紀念的日子，所以我選擇了在這一天留下我的第一篇網路日記，即使我已經註冊了一年。

回想起第一次翻動Diary板的時候，我被一個名字震懾住，並且在螢幕前面呆了好久好久，我沒有想到這世界上竟然會有這麼美麗的名字，而這個美麗的名字竟然離我這麼近。

我看了妳每一篇日記，而且總是不停地重複閱讀著。不知道是我比較笨，還是妳隱藏的功力深厚，我總是在妳的日記裡看見了一種期待，卻沒辦法瞭解妳的期待是什麼。

直到妳寫了「戀戀夕陽」，我才恍然大悟般地瞭解，並且很不禮貌地回應妳的日記，在回應中大膽地寫出了我的猜測。

這個時候，妳在Diary已經寫了七百三十三篇日記了。

妳有沒有一種感到時間快速流過的感覺呢？

當妳的日記一天一天地不斷累積，精華區裡的數字不斷地提醒妳日子一天一天的無聲走過，妳無法記得每一天歡喜悲傷交錯的情緒，只能用日記反覆的溫習著、記載著回憶。

雖然我對時間有著怨恨，但每當它一天一天的過去，我卻一天一天的懷念著。

今天已經是六月十三日了，距離我第一次寫日記的時間，同時也距離我第一次看見妳美麗的名字，剛好是四個月整。

更巧的是，今天是我的生日，妳知道嗎？

時針在一個小時前走過了十二點，我抬起頭來看著時鐘，對自己說一聲生日快樂，並且想像著這一句生日快樂是妳對我說的。

「生日快樂，曼徹斯特的夕陽。」

「謝謝妳，安比雅希的月。」

我一個人演著這不到五秒鐘的戲，卻演出了眼淚來。

只是我希望妳不要笑我，雖然已經是二十八歲的男人了，淚腺可不至於退化到八十二歲。

親愛的安比雅希。

這一次，妳在日記裡問了我好多問題，但我現在卻沒有辦法回答妳任何一個。

不是我吝嗇，也不是我故意的神祕，只是我似乎在貪婪著某一種情緒，也奢求著我跟妳之間，不會這麼快就走到結局。

但隨著妳聰明的猜測，也隨著妳內心的好奇，更隨著妳字字錐心的問題，我已經不能再負荷這一份貪婪的罪惡感了。

我說過，如果我知道妳就快要畢業，我不會這麼慢寄信給妳，我知道這一次相遇我遲了，卻沒有想到竟然遲了這麼多。

結局就在不遠的前方了，親愛的安比雅希，妳有勇氣跟我一起走過去嗎？

我知道師範大學在哪裡，也已經問過畢業典禮開始的時間，請原諒我的自動，也原諒我的衝動。

如果我們這一段短短的相遇是一則故事，那麼，就讓我任性一次吧。

因爲我想完成妳在這個故事裡唯一的要求，在妳領過畢業證書的同時，送一束花給妳。

就如這封信的標題，「危險的相遇」，妳願意面對這個危險嗎？

祝妳　順心平安

我不斷地擦拭著眼淚，在我讀著他寄來的這一封信的同時。

我不知道自己爲什麼會哭，但我卻感覺得到，這些眼淚是爲了這一段短暫的故事而掉的，我先用眼淚來做好心理準備，預防著在終點等待我的傷心。

隨著時針的滴答聲不斷地前進，夜也不停地深下去，彷彿我已經陪著他走到了結局，只是他還沒有告訴我哪裡是Ending。

我不知道他所謂的貪婪的罪惡感是什麼，也無從猜測起。或許是女人的第六感直覺地告訴我，他的這一份罪惡感，會是故事結束的原因。

「這一遭走錯了吧。」看完他的信的文婷，揉了揉我的肩膀說。

「妳也這麼覺得嗎？」我紅著眼眶問著。

「是啊，直覺這麼告訴我，但又何必如此在乎對錯呢？不管最後的答案是對還是錯，鼓起勇氣走完它，對自己才算有個交代。」

文婷的安慰並沒有起太大的作用，雖然我沒辦法反駁什麼。

但至少她給了我勇氣與支持，讓我知道下一步應該是面對，而不是不知所措的掉眼淚。

「是啊，又何必如此在乎對錯呢？」

我一個人自言自語地說著，並且按下了R鍵，寄出了安比雅希給曼徹斯特的第一封mail。

作者：Aenbiarshy（安比雅希的月）
標題：危險的面對
時間：Thu. Jun. 13 02:16:08 2002

六月十四日，二○○二年。

台灣師範大學門口。

下午三點整。

月亮想看見夕陽。

「月亮想看見夕陽？」

中午，麵食店裡瀰漫著一股裹著油氣的香味，一臉素淨清雅略施脂粉的老闆娘正熟練的翻動著鍋桶裡的麵條。

在這裡待了四年，前些日子才知道老闆娘已經年近四十五歲了。

「不可思議。看起來這麼年輕的老闆娘，居然已經快四十五歲了。」

說完，我咬下一口海帶；老闆娘最引以爲傲的滷汁立刻溢滿整個口腔，四年來，我最佩服的就是這一套滷味技術。

「不可思議。看起來這麼冷靜的安比雅希，居然寫出如此赤裸直接的文字。」

文婷拷貝了我的句型，語氣中漲滿著不以爲然的味道。

「妳可以不需要用那樣的眼神看我，我眞的就這麼寫，就這麼寄給他。」

「就是因爲妳眞的這麼寫，這麼寄給他，所以我才覺得不可思議。」

「不，妳覺得不以爲然的味道比較重。」

「好好好，我是覺得不以爲然，但這不表示我不支持妳，我以爲妳會冷靜地選擇一個好方法去走完妳跟他的故事，我沒想到妳竟然約他見面，我驚訝著妳這麼冷靜的女孩，居然在最後關頭喪失了理智。」

「我的理智沒有喪失，我只是做了個決定。」

我喝了一口牛肉湯，我想在這大學四年裡最後一頓午餐當中，牢牢地記住老闆娘最拿手的牛肉湯頭的味道。

「我不認爲妳的決定是理智的，雖然我也高興著夕陽終於出現在妳的生命當中，但網路眞的不妥……」

「文婷，是妳說不必在乎對錯的，走完它才算對自己有交代不是嗎？」

「是，我是說過，但經過昨天一天的思考，我認爲見面不是必要。妳看看妳，妳甚至連他的生日禮物都買了，似乎他走進妳生命中四天，妳把他當成四年的朋友一樣重要。」

文婷拿起我買給曼徹斯特的禮物晃著。那是我昨天下午到西門町找了兩個小時才找到的，那是個拿著仙棒的精靈，穿著水藍色美麗的絲衣。

「是啊！可愛嗎？它會說話喔！」

我熟練的按下精靈的左手，它用很可愛的聲音喊了三次：「I love you, I love you, I

love you.」

「天啊……安比雅希，妳已經完全沉浸在那一種不切實際的浪漫當中了。」她放下了筷子，手貼著額頭，一副高燒樣說著。

「不在乎對錯，走完它。」

「是，我贊成，但走完它的方法不是只有見面一途，妳有其他的選擇。」

「這是我選擇的。」

「台灣的景氣差歸差，可沒有讓那些個意謀不軌的色狼跟鹹豬手興起改行的念頭。」

「文婷，是妳先注意到他的存在的，妳不相信他是好人嗎？」

「我不能相信，我只能希望，畢竟我們都不認識他呀。」

「文婷，我知道妳擔心什麼，相信我，一切都在控制當中。」

「我只是希望你們來個不見面的甜蜜網路戀情而已，我沒想到這一顆即將西落的夕陽有這麼高的紫外線，簡直把妳給曬昏了。對於你們三個小時之後的見面，我覺得不安……」

「文婷，妳的麵涼了。」

空氣裡依然裹著油氣香味，客人越來越多，老闆娘越來越忙。對於三小時之後的見面，我有著很大的期待。

但與其說期待，不如說是豁出去的看開。

二〇〇二年六月十四號，我畢業了。

今天一早，研究所的學長送來了一顆小西瓜，他說他有一句話悶了一整年，始終沒有告訴我，我知道他要說什麼，所以我沒有給他說出來的機會。

「既然都已經悶了一整年了，不差再悶一天吧。」

我回答的很直接，像極了安比雅希的個性。我可以想像我轉身離去之後學長在我身後的表情。

那樣的表情，大學四年來，我看過不下十次。

畢業典禮上，漂亮的花、包裝精美的禮物，穿梭在一片黑壓壓的學士服畫面裡，綴出一幅不知該怎麼起名的畫。

我總以爲現在這樣的時代，要在畢業典禮上掉下眼淚是一件不容易的事，但當我看著大家搶著每一部相機的鏡頭時，我竟然有一股想掉眼淚的衝動。

這不像我冰山美人的個性。

文婷很快的把我拉進其中一部相機的鏡頭裡，我們的班頭倒數著按下快門的秒數，還不忘叮嚀著我們要一起大聲喊「七」。

七，我喊了，大家也都喊了，我相信當照片被洗出來的時候，這一聲七是洗不出來的，但卻會洗出一大群快樂笑著的老大學生，社會新鮮人。

眼淚終於掉下來了，我感覺到我的下眼瞼幾乎無法承受眼淚的重量。

我不習慣相擁而泣這樣的事情，但我想我會在多年之後，懷念起這一天每一個抱過我哭的人，他們身上的體溫與味道。

曼徹斯特呢？

我突然在一片吵雜聲中，想起這麼一個名字。我感覺到一陣強烈的心跳像即將被攻破的城門一樣碰碰大響。

早上的那一個學長又走到我身邊，他很快的把我拉到一旁，我從他的眼裡看出他的堅持，看樣子，我並沒有成功地堵住他的嘴巴。

他叫什麼名字？

我突然間想不起來，好像叫允奇吧，我只知道大家都叫他奇哥。

「我喜歡妳，月兒，我比任何人都喜歡妳。」

他試圖用冷靜的語氣說，但他的表情與動作卻遮掩不住他的激動與緊張。

「這也是一種不在乎對錯，走完它的交代是嗎？」

「什麼？妳說什麼？」

「沒有，沒什麼。」

「月兒，妳……」

我回頭喊著文婷，因爲我說不出「我不喜歡你」五個字。

我希望用我最後一次的背影告訴他，已經悶了一年的話，其實應該再悶一天的。

午餐時間到了。

大夥兒吆喝著要到復興北路的現代啓示錄去好好吃一頓，我跟文婷很一致的興趣缺缺，不是我們不愛大夥兒，只是我們不愛現代啓示錄。

走往牛肉麵店的途上，文婷問了一個問題，她說這個問題她悶了四年，一直很想問我。

「身邊的好男孩那麼多，包括剛剛被妳拒絕的奇哥，眞的沒有一個讓妳稍微動那麼一點心嗎？」

一個悶了四年的問題，其實應該多悶一天的。

我根本不知道怎麼回答這個問題，因爲我沒動過心。

要我用具體的文字回答我沒做過的事情，這是我連想都不會去想的。我眞想回問文婷一個悶了兩秒鐘，一直沒有問她的問題。

「若生命中眞的出現某一個人可以讓我動心，我還會不斷地用很直接的回答去堵別人的嘴巴，然後輕鬆地想像我身後那個我所見過不下十次的表情嗎？」

但是，當我想起某一個名字的時候，我打消了問這個悶了兩秒鐘問題的念頭。

我在想，如果曼徹斯特是我生命中已經出現的某個人，就像學長一樣，那麼，我還會用直接的回答去堵住他的嘴巴嗎？我還可以輕鬆地想像他在我身後那我所見過不下十次的表情嗎？

「文婷，我回了夕陽一封信。」

「什麼信？」

老闆娘很快地端上了滷海帶和兩碗牛肉麵。

「很短，很直接，很簡單。」

「我知道，妳除了日記之外，回信永遠都是很短，很直接，很簡單。妳到底回了什麼？」

「六月十四日，二〇〇二年。台灣師範大學門口。下午三點整。月亮想看見夕陽。」

下午三點整，夕陽出現在學校門口。
糟糕的是，月亮並沒有赴約。

作者 mamy（曼徹斯特的夕陽）
標題 自私的原因
時間 Fri. Jun. 14 23:13:09 2002

親愛的安比雅希：

今天，下午三點整，師範大學門口，妳，沒有出現。

妳的朋友文婷，帶來了妳要給我的生日禮物。我跟她見面的十分鐘裡，她不停地對我感到驚訝，驚訝的原因不是因爲我長得帥，而是我第一眼就知道，向我走過來的女孩不是我想見的月亮。

夕陽終於還是見不到月亮的，不是嗎？

我不能說自己可以理解妳爲什麼臨時決定不來見我，但我從文婷的表情、眼神及說話的語氣中可以猜測到，網路上的相遇對一個女孩來說，終究是不安全的。

但在這裡，我必須向妳明白的表示，我對妳來說，一定是安全的。可以掛出這樣的保證，並不是我自詡爲一個正人君子（雖然我眞的是），而是我自私的原因，讓我可以向妳掛保證。

在告訴妳自私的原因之前，我想告訴妳一個故事。

跟許多人一樣，在我還是個大學生的時候，我接觸了戀愛這個不知道該用什麼單位去表示它的東西，一個大我一歲的學姐，我們在系館的迴梯上相遇。

我不知道該用什麼樣的字眼來形容她的美麗，我想窮盡畢生文學造詣也無法讓任何文字十全十美地道出她在我心中的地位，或許是情人眼裡出西施的關係，我甚至認爲這輩子將不會再有任何一個人可以讓我如此一見傾心。

這樣的女孩身邊，難免會有蒼蠅，就像鑲著蜜的花朵，總會有蜂群集結在它的附近。眾多的蒼蠅當中，我只是其中一隻沒有任何特別之處、根本不可能引起她的注意的小蒼蠅，許多學長耗盡四年大學光陰，也沒能得到她的一眼輕瞥。

在我兩年的苦苦追求、兩年的挫折失落後，我把所有對她的情感化作文字，曾經我想過，如果把那些文字用word的字型，定在十二的大小，以橫向的方式排列的話，會不會足以繞台北市一圈呢？

我以爲我不會再見到她，當她畢業的那一年，我拿著巧克力在迴梯等她的時候。她只是對我笑一笑，然後對我說：「學弟，我要到英國去了。那是一個叫做曼徹斯特的地方，給我你的E-mail吧，我會寄信給你的。」

後來，我在大四那一年的夏天，收到了她寄來的第一封mail，內容很簡短地敘述了她在曼徹斯特的一切、她所在的研究所裡的生態、以及一份附加檔案。

我打開那一份附加檔案，裡頭放了幾張照片，有英國的鐵路、英國的街道，也有英國的晴天、英國的雨天。

其中有一張，她在照片下方註明著：「這是我跟我男朋友的第一個曼徹斯特的夕陽」。

我的心，突然間痛了一下，我以爲它會停止跳動。

後來，我的大四時光，充滿著自以爲是的兩個字：「失戀」。

大學四年的時間很快就過去了。我也很快地進了部隊，把男性天生欠國家的兩年時間，用我二十二到二十四歲的光陰去還清。

當兵的期間，我還是會在mailbox裡收到她的信，收到英國的晴天、英國的雨天、英國的雪景、以及英國的曼徹斯特的夕陽。

失戀兩個字帶來的低潮，也隨著逐漸的成熟或看開而過去，我從不改習慣的，回應她平均每封數千字的mail，裡頭記載著她想念的台北的一切。

也是從那個時候開始，我向自己宣告，我跟她之間，學姐就是學姐，學弟就是學弟，不管如何，這是緣份註定的，它不會因爲癡心情長而改變。

退伍後，我到了一家工程公司，發揮我四年所學的專長，非常巧合的，我還遇上了大學時直系的學長。

他是個非常具有交際手腕的人，在他的社交圈子裡，各型各類的人都不缺乏，相較於他的成功，我眞是個平凡無奇的男人。

他很熱心地爲我介紹女性朋友，並且常帶著揶揄口吻對我說：「這社會容不下你的癡情與清純。」

我認識了跟學長同一個部門的助理，她是個很清秀的短髮姑娘。

在學姐依然時常來信的那一段日子，我跟短髮姑娘也時常一起出去看電影、喝咖啡，做一些看似約會的事情。

我不否認短髮姑娘是個好女孩，也會是個好女友。但我對愛情的不熟悉以及不勇敢，讓我的肩膀，在一九九九年到兩千年的跨年晚會上，第一次留下了女孩子的淚痕。

可是，與其說是對愛情不熟悉、不勇敢，不如說是我對學姐的愛，已經濃得化也化不開了吧。

那天晚上，我回到家，電腦傳來收到mail的聲音。學姐的mail address，很習慣地排在收件夾裡。

千禧蟲或許不只對資訊界帶來影響吧，因爲那天晚上，有兩個女孩失戀。一個是我沒能勇敢接受的短髮女孩，一個是我一心想接受的學姐。

她的男朋友，選擇在這一天離開她，我不知道用意在哪裡，但不管用意如何，學姐都已經是心碎的了。

沒多久後，台灣的農曆年即將來臨。我接到學姐要回來過年的消息，心裡高興得像是中了大獎一樣。

她邀請我在年初三那一天到她家吃飯，而且不准我拒絕。我問她爲什麼，她說了一個讓人啼笑皆非的理由。

「我沒有告訴我爸媽我失戀的事，所以，你要來扮一下我的男朋友。」

她很俏皮地說著，電話那一頭，我聽見她掩飾著某一種神情。

很快地，男朋友三個字，變成了她介紹我給她的家人認識的名詞。雖然是演戲的，但我卻有無法形容的欣喜。

「我放棄了，我再也不回曼徹斯特了。」

她很認眞地說了這麼一句話，在吃完了午餐，而我依然沉浸在演她男朋友的快樂之後。

她沒有告訴我爲什麼，但我可以猜得到，那是一份失戀的傷痛，讓她無法再去面對曼徹斯特的夕陽。

演她男朋友的戲碼，並沒有順利地在年初三那一天結束，或許是我得到了她家人喜愛的關係，這一份男朋友的劇本，對白越來越多，戲份越來越重。

「哎呀，沒想到玩笑開得這麼大。」

她苦笑著對我說，似乎對我有些愧疚地看著我。

「沒關係，我其實演得很習慣。」

「眞是不好意思，惹了你這麼多麻煩。」

「不會的，學姐，如果我說一點都不麻煩，反而想要一直演下去，妳會同意嗎？」

我在她眼中看到了驚訝，我相信我的眼中也滿是驚訝。或許我們都驚訝著，爲什麼我會有勇氣說出口？

「我知道妳不喜歡再提到曼徹斯特，但我眞的很想告訴妳，我希望有一天，男朋友這個角色，我不需要用演的，而是名正言順的，我更希望我可以跟妳一起回到曼徹斯特，去拍一張我們之間的第一個曼徹斯特的夕陽。」

兩千年的二月十四號，情人節，我們終於丟掉了男女朋友的劇本，一同用生命詮釋男女朋友的身分。

但是，上帝總是喜歡開人類的玩笑，明明人類也是上帝一手一手慢慢捏出來的不是嗎？爲什麼自己做出來的東西，卻又不好好的愛惜她？

很快地，她病倒了。

接下來一整年的時間當中，我的日記裡，每天都會記錄她一共吐了幾次，舒張壓與收縮壓各是多少，翻動一下日記本，會發現幾乎每個寫著Sunday的日子裡，都會出現長庚醫院四個字，江醫師說過什麼，以及她病情幾乎沒有好轉的段句。

從這時候開始，我又繼續把我的情感化作文字，我可以確定，如果把這些文字用word的字型，定在十二的大小，以橫向的方式排列的話，眞的足以繞台北市一圈。戲劇化的情節，眞實地在我跟她之間上演。這劇本是上帝寫的，祂見不得我們如此適合、如此相愛。

我跟她的第一個曼徹斯特的夕陽，是在醫院裡，對著唯一的一扇窗户拍的。當初要安排病床的時候，花了很多錢買通關係才住到這一間可以看見夕陽的病房。

我在文具店裡買了一份結婚證書，帶著這輩子第一次也是最後一次買的戒指，我們在病房裡，完成了我們的婚姻。

那是去年的事，我二十七歲，而她二十八歲。
沒多久之後，也就是去年的情人節，她走了。
她走的那一天，病房裡除了我之外，沒有一個人不哭倒在地上，用盡全身的力量喊著：「阿希，妳動一動啊，眨個眼睛說說話啊。」
而她始終沒有再動一動，也沒能眨眨眼睛說說話。
後來，我經過她父母親的同意，把她所有的東西，都搬到我家去放。我在她房間裡搬東西的時候，我看見一張紙，上面寫著：

如果你問我，家鄉最讓我難忘的是什麼？
我會回答你，是那一片金黃色的稻田。
如果你問我，城市最讓我難忘的是什麼？
我會回答你，是那一幕灰白色的雨天。
如果你問我，人生最讓我難忘的是什麼？
我會回答你，是那一張泛黃色的照片。
如果你問我，愛情最讓我難忘的是什麼？
我會回答你，我不知道，或許是思念。

By Aenbiarshy 一九九九・六・十三 Manchester

親愛的安比雅希，故事說到這裡，妳看出什麼了嗎？

學姐姓安，名叫雅希，那是個任誰聽見都會覺得特別的名字。而她，也是個任誰看見都會不自禁愛上的女孩。

這就是我自私的原因，聰明的妳，應該已經瞭解了吧？請原諒我的貪婪，因爲我從不曾想過，在這個世界上，我還可以遇見另一個安比雅希。

讓我把故事說完吧。

去年的情人節，她離開的那一天，我上了這個BBS站，註冊了這個ID。那時我以爲，我將會繼續把我的情感化作文字，而這一次，將不只是繞台北市一圈而已。

但是我沒有。

原因很簡單，每天晚上，當我連上線，到了這一個BBS站，按下我的ID時，我就不自禁的想掉下眼淚。

因爲我的ID，mamy——Miss Aenbiarshy……miss you……

看完信的同時，我的胸口突然一陣悶痛，下眼瞼再一次承受不住眼淚的重量，它滾燙地滴在我的手心上。

我不知道安比雅希四個字，對曼徹斯特來說，到底是一種傷害，還是一種可以期待的未來？而最後我所下的不見他的決定，對他來說，又會是一種什麼樣的傷害？還是另一種重新經歷一次悲傷的痛苦？

我很快地回到使用者名單，尋找唯一與我並列的黃色字體的ID，並且傳送出我在BBS上的第一個訊息。

「曼徹斯特，你在嗎？」

「在，我在。」

「我是安比雅希。」

「嗯，我知道。」

「謝謝你的花，文婷已經拿給我了。」

「不需要謝，我才需要謝謝妳的生日禮物。我想信妳已經看完了吧？我必須對妳說聲抱歉，因爲我的自私。」

「不，你不需要說抱歉，對了，有一件事情。」

「什麼事？」

「我的左手有話跟你說。」

「什麼？左手有話跟我說？」

「是的，想聽嗎？」

「想，但是……怎麼聽？」

「用你的右手，在藍色精靈的左手裡。」

「I Love you, I Love you, I Love you, I Love you.」

把你打×

她給我的生日禮物，是她的日記，從一九九六年九月二十一日那一頁開始，凡是有我的名字的地方，都被她用彩筆畫上了圈圈。

她的呼吸聲在深夜裡聽起來特別清楚，不是鼾聲，是氣聲，很輕很悠長的氣聲。

半夜三點零二分，我輕輕地關上門，坐在床邊看著她。

她才大三，我則已經二十五歲，跟朋友合作搞了間資訊工作室，做些電腦方面的工作。

我的工作說起來並不忙，但也能說很忙，怎麼說呢？

有時候你一天到晚都坐在工作室裡閒著也沒有工作，但大部分時候都恨不得一天有四十八小時的時間供你到處跑。

事情其實不難做，但它的份量就是多得讓你喘不過氣來，所以如果你今天沒把明天要做的事準備到一個段落，那你明天眞的得準備「扛去種」。

至於我是怎麼認識她的呢？

嗯，這得從她大一時說起。

她剛上大一時，我剛退伍，在朋友的煽動下進了資訊業，開始跑單幫的工作。

而她是我第一個客戶，算是騙來的。

怎麼騙呢？且聽我道來。

我在網路上看到她在某個留言板上留言，寫著：

一九九六年九月二十一日，下午四點三十分

我想升級我的電腦，但我希望能以最便宜的價格立場下做升級，如果你能給我滿意的價錢，請與我連絡。

我的電話是：（〇七）××××××

曾淑儀

我看看時間，四點三十二分，剛好是她留言後兩分鐘，這門生意我是做定了，於是我馬上打電話給她。

「喂？」

「喂，請問曾小姐在嗎？」

「我就是。你是？」

「我在網路上看到妳想升級妳的電腦，所以就打個電話給妳。」

「不會吧！你動作這麼快，我才剛下線你就看到啦？」

「巧合啦！算是我們有緣吧！」

「喔，那你打算什麼時候來幫我估個價？」

「隨時都行！妳方便爲原則！」

「喔，那就現在吧！反正我也沒事。」

「好。那我們約在哪裡？」

「你知道中山大學嗎？」

「知道。」

「那我在學校大門口等你！」

「妳還是學生？」

「是啊！才剛上大學而已。」

「是喔！那……我大概三十分鐘後到。」

「好！」

「那我要……」

喀啦！

她就這樣把電話掛掉了？我還要問她我要怎麼認她，她就把電話掛掉了？

於是我再撥一次。

「喂？」

「啊！曾小姐，我是剛剛打電話給妳的人，我要問妳說我該怎麼認妳？」

「曾小姐？你找淑儀啊？她剛跑出去了。」

「啊？喔，抱歉。」

「沒關係！」

這下可好，我要怎麼找到她？

沒辦法，我也只好硬著頭皮一個一個問了。

車子開到西子灣，大門那裡站了一堆女孩子，這下死啦！難道要我把她們集合起來問嗎？

「呃……請問這裡有個叫曾淑儀的小姐嗎？」

只見她們每個人都面面相覷，然後直對著我搖頭。

「喂！我在這！」這時候堤防邊有個女孩子朝著我叫：「你是那個做電腦的吧？」

「嗯，是。妳是曾小姐吧？」

「當然啊，不然還會是別人啊？」

「喔！是是是。」

「跟我來吧！」

她轉過身子就走，那一頭不長不短的頭髮被她這麼一甩，散出一陣香氣，跟海的味道和在一起，不是很搭調，但還可以接受。

她長得還挺可愛的！大概是大學新生的關係吧！跟剛剛門口那一堆女孩子比起來，她顯得不那麼辣，她那一身T恤牛仔褲的打扮是怎麼也辣不起來的。可是她的好身材卻沒有因為寬鬆的衣著而被掩蓋住，雖然她感覺上還有那麼一點點小女孩的稚氣，但那一雙眼尾稍稍上揚的鳳眼，使她看起來讓人覺得有點恰恰的。

但是我今天是來工作的，不是來給大一女新生評分的。

接下來的情況讓我覺得有點尷尬，她要我騎著她的機車載她到她的住處去，而她的手好像很習慣似的放在我的腰上。

我的背因爲路面不平的關係，常感覺到有海浪一波波向我襲來，都怪那台機車太小……

因爲她的煞車很緊，所以到了她的住處後，我被一陣海嘯擊中而差點暈倒。

「喂！你貴姓啊？」

「我姓吳。」

「喔！吳先生，這邊。」

她拿出鑰匙把門打開後，就一跳一跳的上了樓梯。

那是一間公寓，五樓高，而她住最頂樓。

女孩子住的地方果然不一樣，乾乾淨淨的，還有香味，四周的擺設都很整齊，唯一不太搭調的地方是她的室友長得讓人不敢恭維。

「就是這一台！」她指著電腦對著我說，然後回頭收拾擱在床上的那一件橘色「美而美」。

她的電腦其實不會太落伍，至少還能再用個幾個月不升級也沒關係，所以我對她說：「曾小姐，妳的電腦還不錯，應該還不必換！」

做生意的目的是要賺錢，但賺錢要憑良心，尤其是對這麼可愛的女孩子，就要拿出更多的良心。

但如果今天要升級的電腦是她室友的，那麼良心問題就不再那麼重要了。

「不要！我就是要換！」

她果然如她的外表一樣有點恰恰的。

「喔，那妳有沒有預設要升級到什麼程度？」

「這我不懂，你就依你的專業角度來看一個大學生該用到什麼程度的電腦吧！」

「喔……那依我來看，我想，妳就換一台電腦吧！」

「告訴我爲什麼？」

「現在的資訊產品一直推陳出新，每天都有不一樣的東西出來，既然妳堅持要換，我想妳就換一台主機比較快一點。」

「我這些東西都不能用了？」

「不是不能用，只是妳換了這樣東西，另一樣東西就因爲支援不足也得換新，那這東西再換新之後，另一樣東西又會跟新換的東西不合。所以，換台主機會快一點。」

「那換一台主機要多少錢？」

「這……我回去幫妳估估看，妳有預算嗎？」

「有！兩萬！」

「兩萬已經很多了，我盡量在一萬五以內幫妳做起來。」

「好吧！看你這副老實樣，這台電腦就交給你做了。」

「謝謝！那我先走了。這是我的名片，有問題可以打個電話給我！」

「那如果沒問題可以打嗎？」

「啊……可以，當然可以！」

「那走吧！我送你回學校大門！」

「嗯！謝謝！」

接著，海浪依然洶湧著……

「那什麼時候可以把電腦給我？」

「兩天！兩天後我就把電腦交給妳。」

「好！那你慢走。」

「謝謝！拜拜。」

我上了車，看著她騎著機車漸漸遠去，突然間我發現我的心，多跳了幾下。

這門生意當然就這樣做成了，而且我的工作也因爲這不錯的開始而一直都很順利，所以我覺得，她是我的福星。

之後，她常打電話給我，但談的都不是電腦的事。問她找我有什麼事，她都回答說：「你自己說沒問題也能打電話給你的！」是啊，我是說過。也就因爲我說過這句話，我們常見面、常一起出去，我在忙的時候，她也會打個電話來問候，甚至有時會買飯給我吃。

但我們到底是什麼關係？

她從來沒有要過答案，我也從不提出來討論。

在我來說，我是不敢去想，但在她來說，到底是怎麼樣？

不知道，所以我們一直模糊著。

直到她已經大二了，有一天，她約我到海邊去散步，那是個星星通通都躲著不出來的天氣……

「今天電機系的學長跑來約我去看電影耶！」

「眞的？要看哪一部？」

「呃……他沒說。」

「喔！那如果好看的話要告訴我，我也要去看！」

「喔。那如果不好看呢？」

「不好看就別說，別害我浪費錢！」

「那如果好看但是我不想跟他去看呢？」

「喔！那就找妳同學去看啊！」

「那如果我同學不想去呢？」

「喔！那就找社團的同學一起去啊！」

「那如果社團的同學都、都沒空……呢？」

「喔！那就別看了。自己去看的話那太孤單了。」

她停下了腳步，低著頭，海風把她的頭髮吹得飄啊飄的。

「妳怎麼不走啦？不是要散步嗎？」

「……」

「哈囉，妳心情不好啊？」

「你好討厭……」

「？」

「你眞的……好討厭……」

突然一個小光點從她的臉上墜落，在她的腳尖前濺開，然後又有第二個、第三個……

「妳怎麼了？怎麼哭了？」

「我……早該把你的事從日記本裡打×的……」

「？」

「你知道嗎？我一直很想你……一直很喜歡你，甚至很愛你……」

她哽咽著，身體抽動著，說的話讓我心疼著。

「我一直在等你說……等你自己說……」

「我……」

「你好討厭……連主動跟我說要陪我看場電影都吝嗇……」

「我……」

「我早該把你打×的，偏偏我辦不到……」

她掩著嘴巴轉頭就跑，我的腳像釘在地上一樣動也動不了，嘴巴像殘廢了一樣一句話也說不出來，更別說開口叫住她。

就這樣看著她跑遠、跑遠……

而我的腳尖前，竟然也濺開了一朵一朵的淚花。

之後，我的電話安靜了許多，我的call機也寂寞了起來。

其實要找她很容易，一個學生會去的地方不外乎學校跟住處，她的學校跟住處我都知道，所以我隨時都可以再見到她。

但是當一個人有心要避著你的時候，即使你再努力，也不一定會找得到對方。

於是我只好到她的住處把地址抄下來，然後寫信給她。

信上並沒有提到什麼多重要的事，多半是我的生活狀況，還有問候她的話。

我知道她不想見我，所以我一直寄信、一直寄信，寄到我都自己當郵差了，她還是不肯見我。

信就這樣寄了三個多月，才再一次見到她。

她站在工作室外面等我，而且變了個樣子。

她把頭髮留長了，而且很長。手上拿著一包東西，路燈照在她的臉上，顯得臉色有點慘白。

「好久不見了。」

「是啊！我一直在找妳！」

「我知道，所以我來找你了。」

「嗯……這幾個月妳過得好嗎？」

「還過得去，只是有些事情在煩。」

「煩?願意說給我聽嗎?」

「沒什麼，我不是來找你說這些的。」

「那……」

「有空嗎?」

「有!」

「我們去看場電影好嗎?」

「好!」

一個晚上，她沒跟我說多少話，我則是唏哩嘩啦的說了一堆，這跟以前的情形不太一樣，畢竟幾個月不見，我跟她之間像隔了層厚厚的玻璃，我能清楚地看著她，卻摸不著。

散場後，我送她回家，一路上她還是一樣很沉默，像是在思考，又像是在尋找。白色的路燈一樣把她的臉照得慘白。

「好了，我要上樓去了。」

「嗯，早點睡。」

「對了，要給你的東西……」她把手上那包東西遞給我。「生日快樂。」

生日?對啊!今天是我的生日，她居然記得……

「謝謝，我……」

「好了！我要上去了，拜拜。」

「明天有空嗎？」

我問她，她只是回頭對我笑了一下，沒有回答。

她的身影，一下子消失在黑暗的樓梯間。

啊！好落寞的夜晚。

那天之後，我每天打電話找她、call她，沒有一次接到她；到學校等她、在住處等她，沒有一次成功見到她。

我知道她又開始躲我，她在等著我哪一天會正式對她提出在一起的要求，我都知道。

所以我打算如果我能找到她，我就馬上告訴她。

現在我找到她了，而且我每天都見得到她，她的呼吸聲在深夜裡聽起來特別清楚，不是鼾聲，是氣聲，很輕很悠長的氣聲。

半夜三點零二分，我輕輕地關上門，坐在床邊看著她。

那場電影後過了一個月，我收到她的信，信上是這麼寫著的：

你：

看完電影已經一個月了，我在醫院裡也住了一個月了，這裡的環境不錯，護士跟朋友們都很照顧我，只是沒有你在身邊，就會感覺到那份孤單的氣息，重重的。

對不起，我一直沒告訴你，我知道你一直在找我，也知道你一直想告訴我你對我的心，但是，我已經沒有資格跟你在一起了。

知道我爲什麼要把頭髮留得那麼長嗎？因爲我得靠它把我因爲化療而每天都在掉髮的頭皮給遮住。

我患了腦癌，活不了多久了……

所以我寧願像這樣站在醫院的落地窗前想你，也不想讓你看到我現在的樣子，更不能把你的心自私地留在我身邊，因爲如果我這麼做，哪天我走了，你的心就再也要不回去了。

所以，原諒我躲著你，原諒我一直沒告訴你，原諒我好嗎？

P.S.一，還好我們有一起去看過電影了，這樣才像是一對標準的情侶。

P.S.二，今天是我們認識滿兩年的日子，值得紀念一下。

最愛你的淑儀親筆　一九九八年九月二十一日下午四點零二分

現在的我坐在她的病床邊，聽著她一聲一聲的呼吸，每一聲都那麼清楚地敲擊在我心上。

我告訴自己，在她還有呼吸的時間裡，我絕不會離開她的身邊。

從認識她的第一天到現在，我一直一直地在挖掘著她每一份純真的感情；而我所付出的，一直一直地埋在像是殘廢了的嘴巴裡。

是的！我跟她的故事就是這麼眞實且殘忍，老天爺一點都不給我後悔的機會。

而她給我的生日禮物，是她的日記，從一九九六年九月二十一日那一頁開始，凡是有我的名字的地方，都被她用彩筆畫上了圈圈。

紅燈

我高三每天的生活是補習後再陪她一起回家，到建國路跟輔仁路路口後，她右轉，我直走。最討厭的就是這個紅綠燈，它永遠都是綠燈，綠燈我就得直走，永遠都不給我有跟著她右轉的機會。

台灣的高中生都知道，高三是一生中最咬牙切齒的一年，你咬得越厲害考得越好，萬一不小心咬掉了牙，「台清交成」隨你挑；但如果你咬得輕鬆自在，那麼可能會在補習班多咬一年。

當然這樣的公式不適用於每個高三學生，就是有一些怪物連咬牙都不屑的，然後志願卡上就只塡一所學校、一個系所，考前還會去看看這間學校長怎樣，然後在校園的某個角落撒泡尿，表示這裡將來就是他的地盤。

我是個高三學生，雖然我的學校是高雄市高中的前三志願，但我的成績卻不怎麼好看，勉強給它低空飛過，因爲我確信一句學長留下來的話：「生平無大志，但求六十分。」

高三的生活無聊得讓人痛苦，每天就是學校、補習班，每天就是這個也考、那個也考，早上還沒六點就起床，晚上不到十點回不了家。

但在這樣的痛苦中，我找到一個原動力讓我活下去，那就是我隔壁班的那個女孩。她一頭俏麗的短髮，髮梢永遠離肩膀一公分，遮住眉毛的瀏海一絲一絲的，太陽照在髮上都會耀出晶亮的光。

記得是高二下學期的某個下午放學時，我騎著腳踏車準備回家，在建國路上發現前方十公尺處有個騎腳踏車的女孩子，頭髮短短的、身材高高的，黑色A字裙下有一雙均等勻稱的小腿，車後座上掛著「省鳳高中」的書包。

哇！好一個迷人的背影！

我加快速度從她旁邊飆過，偷偷地瞄了她一眼。

哇！好可愛的一個女孩！

我馬上納悶起來，一樣是省鳳高中的學生，爲什麼我不知道學校裡有這種水準的女孩？

於是我放慢速度，讓她超越我，然後我跟在她後面，一直到建國路跟輔仁路交叉的那個每次都綠燈的十字路口，她右轉了，我才沒有繼續跟下去，因爲我要直走。

之後，我就一直忘不掉這個女孩，到處打聽她的名字和她的班級。

原來她跟我同年，名字叫做黃慧慈，她的成績很好，佈告欄上的排行榜都有她的名字，而我往往都只能在及格邊緣徘徊。

就這樣，我每天都在學校前路口的那家便利商店等她，然後就這樣「陪」著她一起回家。

直到高三，我打聽到她在某家補習班補習，我也故意報名那家補習班，這樣就可以每天跟著她一起回家。

讓我更高興的是，高三重新編班後，她就編在我隔壁班，我每天都可以在學校看見她。

所以說，我高三每天的生活是早上六點到建國路跟輔仁路交叉口等她，放學在學校路口的那家便利商店前等她，補習後再陪她一起回家，到建國路跟輔仁路路口後，她右轉，我直走。

討厭的就是這個紅綠燈，它永遠都是綠燈，綠燈我就得直走，永遠都不給我有跟著她右轉的機會。

日子一天一天過去，我越來越喜歡她，很不敢想像一天沒看到她我會怎樣。但我很膽小，不敢去認識她，更別說要跟她做朋友。

於是，我每天睡前都會寫一封信，把我所有想告訴她的話寫下來，把我每天看到她的感覺寫下來，每次都下定決心一定要把信拿給她，但每次把信帶到學校就一直給自己藉口：

「吃午餐時再拿給她好了……」

「嗯，等下課再拿給她好了……」

「放學拿給她比較好……」

「補習班的人比較不認識，在補習班拿給她好了……」

「不然就在輔仁路她右轉之前拿給她好了……」

我的感情，就在這樣的無聊兼癡呆的藉口下蹉跎了，永遠死在那個永遠綠燈的十字路口。

聯考快到了，我告訴自己該用功了，她的成績隨便考都是公立大學，我的成績要上公立大學還有一段距離，這樣的男孩子是不會得到她的欣賞的。

我開始很用功念書，信我還是每天寫，因爲我告訴自己，在畢業之前，如果建國路跟輔仁路交叉口的那個紅綠燈可以在她右轉前變成紅燈的話，我就把這一年來所寫的全部的信拿給她，不管會有什麼後果。

可恨的是畢業在即，那該死的紅綠燈依然永遠給我綠燈，我每天就這樣帶著三百多封信，卻永遠不能拿給她。

畢業典禮當天，她上台領優秀成績獎，我在台下領最賣力拍手獎。

畢業對每個學生來說都是值得驕傲的，但對我來說是很痛苦的。

補習班不會因爲你畢業了就停止上課，所以我還是在畢業典禮後，站在學校路口的那家便利商店等她一起去補習，晚上一起回家。

說眞的，我的成績在下定決心用功後有很明顯的進步，但我喜歡她的感覺卻沒有因爲用功而有那麼一點點消退，反而更多、更多。

沒有人知道我會考上哪一所大學，也沒有人知道她會考上哪一所大學，聯考後她會到哪去念書我根本沒辦法知道，所以建國路跟輔仁路的那個紅綠燈便成了我最後的希望。

補習班下課了，她一樣很平常地收拾她的書，騎上她的腳踏車；而我一樣很平常地收拾我的書，騎上我的腳踏車，跟著她一起回家。

今天是一九九九年六月十二號，一年前的今天是我高中畢業的日子，也是我最後一次看到那個男孩子。

那是個紅燈沒錯，但我卻來不及告訴他我也喜歡他，他的腳踏車被壓在那輛酒後駕駛的轎車下，而他要給我的信撒了一地……

我是黃慧慈，這是我看著他給我的信寫下來的，也是我第一次寫這樣的東西。

「你還會陪我一起回家嗎？」我在他墓前輕輕問著。

國家圖書館出版品預行編目資料

從開始到現在 -- 藤井樹短篇作品集 藤井樹著 . --
初版 . -- 台北市：家庭傳媒城邦分公司發行；民 92
面：　公分 .　--（網路小說：41）
ISBN 986-124-013-6（平裝）
857.63　92010646

從開始到現在—藤井樹短篇作品集

作　　者 ／ 藤井樹
責任編輯 ／ 楊如玉

版　　權 ／ 翁靜如
行銷業務 ／ 李衍逸、黃崇華
總 編 輯 ／ 楊如玉
總 經 理 ／ 彭之琬
發 行 人 ／ 何飛鵬
法律顧問 ／ 台英國際商務法律事務所　羅明通律師
出　　版 ／ 商周出版
臺北市中山區民生東路二段 141 號 9 樓
電話：(02) 2500-7008　傳真：(02) 2500-7759
E-mail：bwp.service@cite.com.tw
發　　行 ／ 英屬蓋曼群島商家庭傳媒股份有限公司城邦分公司
臺北市中山區民生東路二段 141 號 2 樓
書虫客服專線：(02)2500-7718；(02)2500-7719
24 小時傳真專線：(02)2500-1990；(02)2500-1991
服務時間：週一至週五上午 09:30-12:00；下午 13:30-17:00
劃撥帳號：19863813　戶名：書虫股份有限公司
E-mail：service@readingclub.com.tw
歡迎光臨城邦讀書花園　網址：www.cite.com.tw
香港發行所 ／ 城邦（香港）出版集團有限公司
香港灣仔駱克道 193 號東超商業中心 1 樓
電話：(852) 25086231　傳真：(852) 25789337
E-mail：hkcite@biznetvigator.com
馬新發行所 ／ 城邦（馬新）出版集團
Cité (M)Sdn. Bhd.(458372U)
11, Jalan 30D/146, Desa Tasik,Sungai Besi,
57000 Kuala Lumpur, Malaysia.
電話：(603)90563833　傳真：(603)9056 2833

版型設計 ／ 小題大作
封面設計 ／ 斐類設計
電腦排版 ／ 普林特斯資訊有限公司
印　　刷 ／ 鴻霖印刷傳媒股份有限公司
總 經 銷 ／ 聯合發行股份有限公司
電話：(02)2917-8022　傳真：(02)2911-0053

■ 2003 年（民 92）7 月 8 日初版　Printed in Taiwan.
■ 2018 年（民 107）5 月 16 日初版 114.5 刷

售價 180 元

ISBN　986-124-013-6

廣　告　回
北區郵政管理登記
北臺字第10158號
郵資已付，免貼郵

100 台北市信義路二段213號11樓

城邦文化事業（股）公司　收

請沿虛線對摺，謝謝！

書號：BX4041　　書名：從開始到現在—藤井樹短篇作品集

請於此處用膠水黏貼

商周出版

讀者回函卡

謝謝您購買我們出版的書籍！請費心填寫此回函卡，我們將不定期寄上城邦集團最新的出版訊息。

姓名：________________

性別：□男　□女

生日：西元 ________ 年 ________ 月 ________ 日

地址：________________

聯絡電話：________________ 傳真：________________

E-mail：________________

學歷：□1.小學 □2.國中 □3.高中 □4.大專 □5.研究所以上

職業：□1.學生 □2.軍公教 □3.服務 □4.金融 □5.製造 □6.資訊

□7.傳播 □8.自由業 □9.農漁牧 □10.家管 □11.退休

□12.其他 ________________

您從何種方式得知本書消息?

□1.書店□2.網路□3.報紙□4.雜誌□5.廣播 □6.電視 □7.親友推薦

□8.其他 ________________

您通常以何種方式購書?

□1.書店□2.網路□3.傳真訂購□4.郵局劃撥 □5.其他 ________

您喜歡閱讀哪些類別的書籍?

□1.財經商業□2.自然科學 □3.歷史□4.法律□5.文學□6.休閒旅遊

□7.小說□8.人物傳記□9.生活、勵志□10.其他 ________

對我們的建議：

____

____

____

____

請於此處用膠水黏貼